Zug 1

ELLESAB ist ein Raucher. Hastig zog er an diesem Tag an seinen Schachfiguren und inhalierte die Abgase des Dampfzuges. 64 Felder waren zu beschreiten und wenn er nicht so weis gewesen wäre, hätte er sicherlich schwarz gesehen. Eine seiner Großmütter ist eine KRäUTERHEXE und wohnt in einem Feld voller Distelsträuchern. Noch ein Zug und ELLESAB könnte

den sechsten schwarzen Bauern ausschalten. Drum saß er hier auch im Raucherabteil, spielte mit seinem Zwilling das zugselige Spiel und war unterwegs zu seiner

sammelfreudigen Oma. Sie sammelte alles von Pilzen über Zahnbelag zu Du-kannst-mich-mal.

Während sich ELLESAB eine Zigarette drehte, schob KASTOR den Läufer auf das ‚C6'-Feld. Das war ja mal wieder typisch. Seine Züge waren so was von voraussehbar. Nichts konnte KASTOR vor ELLESAB verbergen. Gleiches traf auch auf KASTORS Vater zu. Auch wenn KASTORS Vater alles daran tat, zu verheimlichen, was er in seinen Modellzügen transportierte, ELLESAB wusste stets, zu welchem Endlager die Reise der Züge ging. Aber wie der Vater so der Sohn, dachte ELLESAB.

KASTORs Vater nennt sich auch ELLESABs Vater, heißt MOTZENSCHAUER und ist der Sohn der KRäUTERHEXE. Der Zug musste gleich halten, also griff ELLESAB schon einmal in seine Manteltasche, um sich aus ihr die Feldbeschreibung herauszuholen.

Zug 2

Die KRäUTERHEXE wartete schon ungeduldig. Sie hatte ihrem Enkel, den sie auf den Tod nicht ausstehen konnte, schon einmal ein Süppchen zubereitet. Ein kleines Schmankerl fehlte noch, also öffnete sie ihren Mund, fuhr mit ihrem Skalpell hinein und schnitt sich die Manteltasche auf, entfernte ein bisschen Zahnbelag und würzte damit die Suppe.

Die KRäUTERHEXE wohnte in einem Versteck, das man ohne Feldbeschreibung nicht finden würde. Es gab nur wenige, die eine solche besaßen. MOTZENSCHAUER, die Zwillinge ELLESAB und KASTOR, ihr verstorbener Ehemann der SCHLECHTE RUF, Kegel PEDRO, ein Anhängsel der Familie, ihr Bruder die BESSERE HÄLFTE, sowie ihr Noch-Ehemann ALTER JüNGLING. Jenen würde sie, genau wie SCHLECHTER RUF, sicherlich auch bald unterm Acker vergraben. Jedenfalls wartete sie daraufhin schon ungeduldig. Aber offenbar wollte ALTER JüNGLING den Löffel ihres Süppchens einfach nicht abgeben. Offenbar schmeckte es ihm.

„Ach nee, bestimmt nicht, das liegt nur daran, weil ALTER JüNGLING keine Zunge mehr hat," erinnerte sich die KRäUTERHEXE diesmal. Die Zunge hatte sie ihrem Mann abgeschnitten, damit sie hundert Jahre länger noch auf diesem Feld verweilen darf.

„Er kann nicht sprechen und den einzigen Laut, den er hervorbringen kann ist ,Uff'. Mehr muss er auch nicht sagen, schließlich kann ich für ihn sprechen," erzählte sie ihren Disteln. Auch wenn sie ihrer Erzfeindin OMA WEISHEIT immer widersprach, in diesem Punkt gab sie ihr recht: Pflanzen gedeihen besser wenn man mit ihnen spricht.

Zug 3

ELLESAB war jetzt schon auf dem Weg zum Feld. Er mochte seine Oma wirklich nicht, aber diesmal war ein Besuch unabänderlich. Schließlich war sie die einzige, neben MOTZENSCHAUER, die ihm etwas über seine Herkunft sagen könnte.

Er machte sich also kleiner und war jetzt so groß wie die Figur des Goldenen Springers auf dem menschlichen Schachbrett.

Neben seinen menschlichen Begabungen behielt er nur wenige aus dem Weltlichen bei. Er wollte schließlich nicht allzu sehr auffallen. Seine OMA WEISHEIT hatte ihm ihre Vermutung nahegelegt und da sie eben sehr weise ist, war er sich sicher, dass sie den

richtigen Instinkt für das hatte, was er herausfinden sollte.

Er griff noch einmal in seine Manteltasche und holte einen anderen Zettel heraus, hier hatte er sich einige Notizen über jene Personen gemacht, die in seinem Leben irgendwie eine Rolle spielten. Wenn alles überstanden ist, muss er ja irgendwie T'AMI davon berichten.

ELLESAB klappte den Zettel auf und er sah jetzt zunächst auf eine kurze Charakterisierung.

„ELLESAB, ich, T'AMI, du, KASTOR, Zwilling, MOTZENSCHAUER motzt, OMA WEISHEIT weiß-weiß-weis, KRäUTERHEXE, altklug, PEDRO, Kegel, ALTER JüNGLING, Uff, ROTATIONSKURVE will helfen, kann nicht immer helfen, HIMMEL, Schauspieler, TEUFEL falsch, SCHLECHTER RUF, Vater von MOTZENSCHAUER in Grube, GLOXES, faul, aber nett, BESSERE HÄLFTE, werdender Moderator, die SCHWULEN ZWILLINGE, gehen mir auf, den Geist, ANDERE SCHWULE ZWILLINGE sind nett, MISS SCHUGGE, Ex, WUNDERWILLI hat braune lange Haare, LOT kittet, NEUGIER, experimentiert, MITTEILUNGSBEGEHREN, quasselt zuviel, HAGZISSA, eine gute Hexe, MITRENNER kann sich nicht entscheiden, die RAPPENDE

ERDKUNDELEHRERIN, CONNYGEBURTSTAGSFRAU, GRAVUR, die WACHTEL, die LICHTFEE, der HÄFTLING, die KINDERFRAU, das KUSCHELTIER, REHAUGE, die SONNE, WINKELDREIECK, TURM und SPRINGER…".

Zug 4

Die Geschichte war jetzt zuende. Die Jahre als Maulwurf waren überstanden und die KRäUTERHEXE hatte ELLESAB schließlich doch noch aufgeklärt.

Hinter einem Torbogen empfing T'AMI seinen Geliebten. Endlich konnten sie sich wieder in den Armen halten.

„Ist doch auch eigentlich nicht schlimm," sagte ELLESAB. *„Schließlich können wir keine Kinder bekommen."*

„Tut mir leid, dass ich anfangs damit Probleme hatte," entschuldigte sich T'AMI und wuschelte ELLESAB durchs Haar.

Dann gingen sie beide in die LICHTFEE hinein, die daraufhin wieder die Farben sehen konnte.

Zug 5

Es war ein warmer Tag. Die Begegnungen zwischen OMA WEISHEIT und der KRäUTERHEXE waren für die Kinder der Familie immer spannend gewesen. Oft schlossen sie Wetten ab, wer in den Diskussionen das letzte Wort haben wird. Diesmal hatten sich

beide ein ganz heikles Thema ausgesucht. Es ging um Häuserfassaden, die mit dunkelbraunem Stoff überzogen sind. ELLESAB wollte auch etwas zur Diskussion beitragen und äußerte, dass ihn manche an schwarze Dachpappe erinnern. Dann kam der Tag, an dem sich ELLESAB das Rauchen angewöhnte.

Zug 6

Ein Sprung brachte ELLESAB in ein Ankleidezimmer. Hier zog er sich eine Blue Jeans mit Schlag und eine grün-weiße Jacke aus glitzerndem Latex an. Er zog beides jedoch verkehrt herum an, was ihn weiter nicht störte.

ELLESAB hatte die Absicht in eine Schwulendisco zu gehen, in der Hoffnung, er würde hier auf T'AMI treffen. Also ging ELLESAB los. Irgendwie hatte er das Gefühl, dass er in die falsche Richtung ging, doch eine Kraft ließ nicht zu, dass er sich umdrehen konnte.

Auf der gegenüberliegenden Seite, sah er einen der SCHWULEN ZWILLINGE in einen Wagen steigen und ELLESAB dachte jetzt kurz, dass dann auch der andere gleich auftauchen müsse und so war es.

„Komisch,“ dachte ELLESAB. *„Die beiden kleben schon seit Jahrzehnten zusammen."*

ELLESAB ging weiter und kam jetzt auf eine Brücke zu, hinter der einst ein Bahnhof war, der sich jetzt aber irgendwie versetzt auf der anderen Straßenseite befand. ELLESAB kam sehr zügig voran, obwohl er gemütlichen Schrittes den Weg entlang ging. Eine unsichtbare Kraft schob ihn voran, so dass er in wenigen Sekunden 500 Meter gegangen war. Er befand sich jetzt in Nähe einer Autobahnauffahrt. Hier kam aus einer Nebenstraße ein Wagen geschossen, in dem ein Mann saß. ELLESAB näherte sich dem Wagen und er erkannte den HIMMEL.

ELLESAB dachte darüber nach, dass er ihn unbedingt ansprechen müsse, bevor jener wieder verschwunden ist. Mutig tat er es und sprach den HIMMEL an.

Dieser sagte ELLESAB freundlich, dass er nur wenig Zeit habe, weil er selbst weiter müsse. Also schlug ELLESAB vor, dass er sich selbst als Beifahrer in dessen Wagen setze, die beiden so ein Stückchen weiterkommen. ELLESAB war es egal, wohin der HIMMEL fährt, ihm war es nur wichtig, dass er fährt.

Der HIMMEL war einverstanden und ELLESAB setzte sich in den Wagen. Der HIMMEL erzählte von seiner Arbeit als Schauspieler und ELLESAB hatte das Bedürfnis ihm einige Fragen zu stellen. Er wusste, dass er dafür nur wenig Zeit hat, weil beide schon bald am nächsten Ziel sein würden, aber er traute sich nicht den HIMMEL zu unterbrechen. In einer Erzählpause äußerte ELLESAB kurz, dass es ja ein Zufall sei, dass er ausgerechnet ihn jetzt treffe, wo er über ihn doch erst vor ein paar Tagen in einer Zeitschrift gelesen habe. Dann wollte ELLESAB noch erzählen, dass er ihn aus zahlreichen Seifenopern kenne, doch dazu kam es nicht, weil beide schon am Ziel waren.

ELLESAB begleitete den HIMMEL in ein Geschäft und er überlegte, welche Bedeutung es habe. Es erinnerte an einen Buchladen, doch der HIMMEL holte hier einen Schnellhefter ab, dessen Materie sich permanent veränderte und ELLESAB überlegte, ob der Hefter das Drehbuch vom HIMMEL sei.

Der HIMMEL musste weiter und ELLESAB wollte noch ein paar Augenblicke dessen Gesellschaft teilen, weil es für ihn nicht alltäglich war, dass er auf einen Schauspieler traf, der auch im Starring bekannt war. Also fragte ELLESAB ihn nach einem Autogramm und der HIMMEL reichte ihm die Hand.

„Jetzt sind wir bestimmt Freunde", dachte ELLESAB. Es war ein Gefühl, als würde sich eine Sehnsucht auflösen, die er schon immer in sich trug, es war ein schönes Gefühl.

Der HIMMEL suchte jetzt nach einem Blatt Papier, um ELLESAB ein Autogramm zu geben. Er näherte sich einem Bücherkorb mit Remittenden, nahm ein Buch heraus und ging zur Kasse. ELLESAB hatte das Gefühl, dass der HIMMEL ihm extra ein Buch kaufen wolle, um darin das Autogramm zu hinterlassen.

„Er kennt mich kaum und ist dennoch bereit für mich Geld auszugeben, damit ich ein Autogramm von ihm bekomme," dachte sich ELLESAB und war gerührt. Doch der HIMMEL legte das Buch wieder beiseite und schrieb stattdessen das Autogramm in seinen Schnellhefter.

„Er will mir sogar seinen kostbaren Schnellhefter überlassen," dachte ELLESAB und war erstaunt.

Jener Hefter verwandelte sich jetzt in ein Buch mit beige leuchtendem Cover, das noch mal mit einer Klarsichtfolie überzogen war. Der HIMMEL reichte ELLESAB das Buch und ELLESAB las das Autogramm. Er entdeckte aber auch, dass der HIMMEL keine persönliche Widmung dazu geschrieben hatte und dachte darüber nach, dass es noch schöner wäre, wenn der HIMMEL ihm eine solche dazu schreiben würde.

„Dann könnte ich den Anderen, die ich noch treffe, zeigen, dass ich sogar einen bekannten Schauspieler als Freund habe."

ELLESAB fragte den HIMMEL also nach der Widmung und jener schrieb sie jetzt auf das Cover. Daraufhin wollte ELLESAB ihm das Buch wieder abnehmen, um die Widmung zu lesen, aber der HIMMEL hielt es jetzt sehr fest und ließ es nicht aus der Hand. Er drehte sich stattdessen mit dem Rücken zu ELLESAB und verwischte mit seiner Hand das gerade Geschriebene wieder. ELLESAB wunderte sich sehr, da jetzt auf dem Cover ein schwarzer Fleck verwischter Tinte zu erkennen war und er wunderte sich auch darüber, dass der HIMMEL ihm das Buch doch nicht gab.

„Ich kann zwar verstehen, dass er mir ein so kostbares Buch nicht vermachen will, ich habe mich auch gewundert, dass er es erst vor hatte, aber er hätte mich doch wenigstens einmal die Widmung lesen lassen können," dachte ELLESAB enttäuscht und während dieses Gedankengangs war der HIMMEL auf einmal verschwunden. ELLESAB bemerkte jetzt, dass der HIMMEL neben dem Bücherkorb noch ein paar persönliche Gegenstände hinterlassen hatte, wie einen Autoschlüssel und ein anderes Buch, das dem anderen sehr ähnlich sah. Also setzte er sich auf den Fußboden neben die Gegenstände, weil er glaubte der HIMMEL würde gleich zurückkommen.

„Vielleicht gefiel ihm nur nicht seine Unterschrift und er muss jetzt noch etwas erledigen, kommt aber dann zurück und gibt mir dann das Autogramm," dachte ELLESAB.

ELLESAB schaute nochmals auf die Gegenstände des HIMMELs und er stellte jetzt fest, dass auch das neue Buch wieder verschwunden war.

„Jemand muss es gestohlen haben," dachte ELLESAB und war darüber sehr entsetzt, zum einen, weil es dem HIMMEL gehörte und zum anderen, weil er selbst gar nicht gemerkt hatte, dass sich jemand an ihn herangeschlichen und das Buch entwendet hatte. Er hatte die ganze Zeit die Gegenstände beobachtet und dennoch war es jemandem gelungen, ihm ein Teil davon zu entwenden.

„Vielleicht waren es Geister," dachte ELLESAB und er überlegte, wie er das Buch zurückbekommen könne.

„Der HIMMEL wird sehr sauer sein, wenn das Buch fehlt und dann wird er mir sicher kein Autogramm geben und die Freundschaft beenden." ELLESAB schaute sich die Menschen außerhalb des Geschäfts an. Er sah einige, die Bücher in ihren Händen hielten, doch keines hatte ein beige-leuchtendes Cover. ELLESAB dachte darüber nach, ob jemand das Buch vielleicht für ein Remittenden gehalten haben könnte und es jetzt kaufen wolle. Also ging er zur Kasse und schaute auf die Menschen in der Schlange. Jeder hielt ein Buch in der Hand, doch keines war dem vom HIMMEL ähnlich. Also fragte er die Leute, ob sie jemanden mit einem solchen Buch gesehen haben.

„Nein," antworteten einige der Leute und eine Frau fragte ELLESAB, ob er es mit seiner Frage schon draußen auf der anderen Straßenseite versucht habe. ELLESAB schaute nach draußen und sah auf der anderen Seite eine große Menschenmasse. Die Frau rannte jetzt aus dem Geschäft.

„Hat jemand ein Buch mit einem beige leuchtendem Cover gesehen?" rief sie lautstark in die Menschenmasse. ELLESAB freute sich, dass sie die Initiative ergriffen hatte. Er selbst hätte nämlich wenig Mut gehabt, einfach in die Menschenmasse hinein zu rufen.

Zug 7

Nach der Schule, in der die RAPPENDE ERDKUNDE-LEHRERIN ihre Schüler über die Bedeutung des Wortes *„Yeah"* aufgeklärt hatte, traf sich ELLESAB mit MISS SCHUGGE im Park. Irgendwie war er sein oder seine Ex, aber nicht in diesem Leben. ELLESAB sagte ihm, dass er sich damals in ihn verliebt hatte, er sich da aber noch nicht seine Homosexualität eingestehen konnte.

„Auch ich habe mich damals nicht getraut, es mir einzugestehen," sagte jetzt MISS SCHUGGE und näherte sich ELLESAB an. Es kam zum Kuss, doch ELLESAB merkte, dass ihm der Kuss zu jetziger Zeit nicht schmeckte und ging fort.

Zug 8

ELLESAB saß mit LICHTFEE in einer großen Konzerthalle und schaute sich eine Oper an. Plötzlich tauchte Dieter auf, der auch gleichzeitig einer der SCHWULEN ZWILLINGE war und er entschuldigte sich für die Verspätung. Er habe sich im Kino noch einen Zeichentrickfilm angeschaut. ELLESAB dachte darüber nach, dass Dieter wohl viel Geld haben müsse, da er sowohl im Kino war als auch jetzt in der Oper. Ein Alarm ertönte und offenbar schien ihn kaum jemand in der Konzerthalle zu hören.

Dieter, die LICHTFEE und ein befreundetes Paar von den ANDEREN SCHWULEN ZWILLINGEN tuschelten miteinander. Danach standen sie auf und verließen die Halle über einen Notausgang. ELLESAB blieb sitzen, doch der Alarm ertönte weiter.

„Die Opernmusik ist zwar laut, aber der Alarm ist trotzdem zu hören," dachte ELLESAB. *„Warum bleiben alle so ruhig sitzen?"*

ELLESAB stand jetzt auch auf und ging in die Richtung eines Notausgangs. Irgendwie hatte er vergessen, zu welchem die anderen gingen. Vor der Tür blieb er stehen, denn er sah, dass jemand den Schlüssel von innen umgedreht und stecken gelassen hatte. Also ging er systematisch alle anderen Notausgänge der Halle entlang, doch auch diese waren versperrt. Überall hatte jemand von innen verschlossen und den Schlüssel stecken gelassen. Es war merkwürdig, denn schließlich waren die vier anderen erst vor Bruchteilen von Sekunden über einen der Notausgänge verschwunden. So gemein konnte doch keiner von ihnen sein, die Türen von innen zu verschließen. Das traute ELLESAB keinem der vier zu. Daher dachte er darüber nach, ob man Dieter einen extra Geheimnotausgang in der Halle gebaut hatte.

ELLESAB war ängstlich, überwand seine Angst schließlich, weil er sich einredete, dass der Alarm vielleicht nur speziell für Dieter gemacht worden ist.

„Vielleicht geht mich der Alarm auch nichts an, vielleicht war es nur Zufall, dass ich ihn auch hören konnte. Vielleicht hat er sich nur zufällig in meinem Gehörgang verirrt."

Das musste es sein, schließlich reagierten die anderen Besucher der Oper ja auch nicht. ELLESAB bemerkte wie einer der vier die Treppe hinunter kam und die Tür aufschloss. ELLESAB konnte nicht erkennen, wer von den vier Geflüchteten es war, aber er folgte jenem die Treppe hinauf, die zu einem Hochhausdach führte.

Auf dem Dach standen Dieter und das befreundete Paar der ANDEREN SCHWULEN

ZWILLINGE. Sie schauten auf verschiedene Fassaden der Stadt. ELLESAB wusste jetzt, dass es die LICHTFEE war, die ihm die verschlossene Tür geöffnet hatte, er wusste aber nicht, woher er es plötzlich wusste.

Die fünf standen verstört auf dem Hochhausdach und hörten von überall Sirenen und Hubschraubergeräusche. Plötzlich sah ELLESAB, wie aus einem benachbarten Gebäude

eine Feuerwalze hervorstach und ELLESAB nahm auch bei Dieter eine Angst wahr.

„Trotz, dass er im Geld schwimmt, trotz dass er einen separaten Notausgang hat und sogar eine Alarmanlage, die nur für ihn bestimmt ist, gegen eine derartige Katastrophe ist auch er machtlos," dachte ELLESAB.

Zug 9

Abseits des Schulhofs standen in der Nähe eines Damms NEUGIER, MITTEILUNGSBEGEHREN und andere Personen, deren Gesichter er nicht erkennen konnte.

ELLESAB beobachtete, wie NEUGIER Leute, die über den Damm wollten mit einem Wasserschlauch bespritzte.

ELLESAB musste dort auch vorbei, daher ging er geradewegs auf den Damm zu. NEUGIER richtete den Wasserschlauch auf ihn, so dass ELLESAB ganz nass wurde. MITTEILUNGSBEGEHREN fand das höchst lustig und kicherte.

ELLESAB ließ sich seine Wut nicht anmerken und ging weiter. Er kam jetzt in eine einsame Gegend. Hier war auf der linken Seite ein kleiner Berg mit roten Treppenstufen. Auf der rechten Seite war ein kleine Überdachung, die durch pastellgrüne Pflanzen zugewachsen war. In regelmäßigen Abständen fiel hier brauner Staub von der Decke und ELLESAB erinnerte dies an sich langsam auflösend und verfallende Spinnennetze. Zwischen Berg und Überdachung befand sich eine Bank auf der jemand saß, den ELLESAB kannte, aber von dem er jetzt nicht wusste, wer es war. Jene Person saß regungslos auf der Bank und schaute nur ab und zu herüber.

ELLESAB stieg ein paar Stufen auf die Treppe des Berges und sah jetzt wie jemand aus der Richtung, aus der auch er gekommen war, mit zügigen Schritten angelaufen kam und zu ELLESAB sprach.

„ELLESAB, kommst du? Wir warten schon auf dich." ELLESAB hatte das Gefühl, dass er auch jene Person kannte, er wusste jedoch nicht, wer es war.

„Ich komm gleich," antwortete ELLESAB und beobachtete, wie jene Person links hinter dem kleinen Berg abbog. ELLESAB überlegte, was dort auf ihn warten würde. Ob dort

viele liebe Menschen auf ihn warten oder Menschen, die ihn nur mit Wasser bespritzen wollen?

ELLESAB wartete einige Momente und beschloss schließlich jenen Weg mit viel Humor zu nehmen. Er stieg die Treppe hinab und bog auch nach links ab.

Während er auf ein großes Tor zuging, bemerkte er, dass auf seiner Nase eine rote Clownpappnase klebte. Er war sich sicher, dass jene, die auf ihn warten, ihn nicht verspotten wollen, sondern sich über ihn freuen. Also ging ELLESAB auf das Tor zu.

Noch bis vor wenigen Minuten hatte er Jubelschreie vernommen, doch jetzt war es ruhiger geworden. ELLESAB öffnete das Tor, doch hier stand niemand. Daher fragte er sich, ob sie alle gegangen seien, weil er sie zu lange hat warten lassen oder ob sie gleich irgendwo auftauchen werden und ihn jubelnd empfangen werden.

Zug 10

ELLESAB kam in ein Krankenzimmer, in dem ein schwerkranker Mann lag. Mit seinen heilenden Händen glitt er jetzt über dessen Körper und löste den Knoten seiner Krankheit. Dann ging er wieder aus dem Zimmer und kam jetzt in einen Raum, in dem LOT an vier Gruppen jeweils ein Kärtchen verteilte. Auf jedem der Kärtchen stand eine Aufgabe, die zu erfüllen war. ELLESAB war der Anführer der zweiten Gruppe in dem Raum und las die Aufgabe. Danach ging er wieder hinaus und traf auf einem Hochhaus auf KASTOR.

KASTOR zeigte ihm ein Loch im Gebäude durch das man bis nach ganz unten auf das Fundament schauen konnte. Das Loch hatte einen Durchmesser von etwa fünfzig Zentimetern und ELLESAB wurde ein wenig mulmig, da es etwa zwanzig Meter in die Tiefe ging. Ihm wurde beim Blick in die Tiefe richtig schummerig und er fragte sich, warum man das Loch beim Bau des Hochhauses nicht ausstaffiert hatte.

KASTOR spielte jetzt mit einem ebenso zwanzig Meter langen Gitterstab, der seitlich neben dem Loch befestigt war. An jenem hing die gesamte Hydraulik des Gebäudes und ELLESAB bat KASTOR mit dem Spielen aufzuhören. Doch KASTOR machte weiter und rüttelte jetzt noch fester.

„Das Gebäude kann doch dadurch einstürzen," versuchte ELLESAB seinem Bruder nahe zu bringen.

„Das macht nichts," entgegnete KASTOR. *„Wir sind ja oben, für jene die sich unten befinden ist es gefährlich, da sie zermatscht werden."*

ELLESAB verstand nicht, weil er spürte, dass ein Sturz aus jener Höhe ebenso gefährlich sein könnte und er hoffte, dass das Rütteln von KASTOR am Gitterstab dem Gebäude nichts anhaben könne.

Zug 11

Ein Sprung brachte ELLESAB auf ein Fest. Hier turnte auch die RAPPENDE ERDKUNDELEHRERIN herum. ELLESAB hatte ein KUSCHELTIER auf dem Arm und spielte Babysitter. ELLESAB bemerkte, dass das KUSCHELTIER aus zwei Körpern bestand. Den einen Teil hielt ELLESAB mit dem rechten Arm fest, den anderen mit dem linken. Auf dem Fest warfen Kinder mit Lichtkügelchen. Plötzlich wurde der Körper des KUSCHELTIERs auf dem rechten Arm von einem Kügelchen getroffen. ELLESAB erschrak, doch das KUSCHELTIER sagte ihm, dass es nicht schlimm sei, dass ihm nichts passiert sei. ELLESAB beruhigte sich wieder.

Ein Sprung brachte ELLESAB auf eine fliegende Bettmatratze, an der sich noch Spuren eines Lattenrostes befanden. Auf der Bettmatratze befand sich auch MISS SCHUGGE, der mit ELLESAB schlafen wollte. Die Bettmatratze landete in ELLESABs Zimmer, doch MISS SCHUGGE war nicht mehr da. Also befriedigte ELLESAB sich selbst. Er schlief ein.

Als er aufwachte war MISS SCHUGGE wieder in seinem Bett, aber auch NEUGIER war da. Alle beide befummelten jetzt ELLESAB.

Zug 12

ELLESAB befand sich gerade auf dem Weg zu OMA WEISHEIT. Er stieg die Treppenstufen hinauf in Richtung Wohnung OMA WEISHEIT. Die Tür war geöffnet, also ging er hinein. Da jedoch niemand hier war, schaute sich ELLESAB im Wohnzimmer um und klaute das Buch vom HIMMEL. Dann ging er wieder aus der Wohnung. Er kam in das Stockwerk eine Ebene tiefer. Auch hier war die Tür einer Wohnung geöffnet. Also ging ELLESAB hinein.

Im Flur kam ihm eine alte Frau entgegen, die über ELLESABs plötzliche Anwesenheit erschrak. Sie zeigte Richtung Tür.

„Gehen Sie raus!" forderte die Frau ELLESAB auf, doch dieser hörte nicht darauf, sondern näherte sich der alten, gebrechlichen Frau und würgte sie am Hals. ELLESAB erschrak über sich selbst, aber er war nicht mehr er selbst, sondern jemand anders. Daher konnte ELLESAB auch nicht seine Hände steuern. Er würgte die Frau immer heftiger und die Frau hechelte nach Luft, doch ELLESAB ließ sie nicht los und hoffte, dass es bald vorbei sein würde. Der Atem der Frau blieb stehen und langsam sackte sie in ELLESABs Händen zu Boden. Er begriff nicht wieso er das getan hatte. Er hätte nur aus der Wohnung gehen müssen und nichts wäre passiert, doch jetzt hatte er eine Frau ermordet. ELLESAB verließ das Gebäude schnellen Schrittes, weil er das Gefühl hatte, eine Haushälterin würde die Leiche gleich entdecken. Er ging die Straße entlang und er war sich dabei sicher, dass der Mord nie aufgeklärt werden wird, weil ELLESAB in einer ganz anderen Stadt lebt. Er wusste nur nicht, ob er jemals damit umgehen könne, jemand ermordet zu haben. Er wusste nicht, ob er das Geheimnis ewig mit sich mitschleppen könne. Dennoch beschloss er ein ganz normales Leben weiter zu führen, so als wäre nie etwas passiert.

ELLESAB wachte aus einem Traum auf und er wusste jetzt, dass nicht er der Mörder der alten Frau war, sondern, dass er im Traum eine andere Person gewesen ist, die jene Frau in den 60er Jahren umgebracht hatte. Er selbst war da noch gar nicht geboren. OMA WEISHEIT hatte ihm offenbar aus dem Weltlichen einen Hinweis auf die Auflösung des Mordfalles geschickt und ELLESAB war sich jetzt sicher, dass der wirkliche Mörder der alten Dame zu seiner Familie gehörte.

Zug 13

Ein Sprung brachte ELLESAB in eine Radiosendung. Hier kam ELLESAB als Sprecher eine wichtige Bedeutung zu. Auf einem Nachbarpult saß der TEUFEL.

Zug 14

ELLESAB stand jetzt vor einem Regenbogen. Er kletterte ihn hinauf. Er wusste jetzt, dass er als Turm immer wieder die Zahlenposition auf 1, 5 oder 8 ändert. Diese Erkenntnis brachte ihn in einen Raum, in dem sich eine große Couchgarnitur befand, auf der mindestens acht Personen Platz nehmen konnten. ELLESAB hatte noch die Möglichkeit der freien Auswahl eines Sitzplatz, also entschied er sich für einen Platz vor Kopf von dem aus er T'AMI im Visier haben würde. ELLESAB hatte das Gefühl, dass T'AMI mit Sicherheit hierhin kommen wird und sich auch einen Platz aussuchen wird.

Zug 15

ELLESAB war jetzt Teil einer Familie, die im irdischen Leben nicht seine Familie ist. Hier hatte er neben seinen Eltern noch einen jüngeren Bruder und eine ältere Schwester. Die Familie befand sich in einem ihm fremden Land und machte hier Urlaub. Sie waren zu einer asiatischen Familie zu Gast und wurden von ihr bekocht. ELLESAB war dabei eigenartige und unbekannte Speisen zu kosten. Ein grauhaariger Mann saß mit am Tisch und erzählte etwas von Süßigkeiten.

Nach einem Zeitsprung war der Urlaub fast vorbei und die Familie befand sich kurz vor der Abreise. ELLESAB unterhielt sich mit seinem Bruder über seine Schwester und beide regten sich darüber auf, dass die Schwester eine Reisetoilette mit Urin füllte.

„Na toll," sagte ELLESAB. *„Das macht sie alles extra. Wenn wir auf der Heimfahrt auf Toilette müssen, ist sie voll. Dann müssen wir Rast einlegen. Das kostet Zeit."*

ELLESAB sah, wie seine Schwester nun schon seit Stunden im PKW in die Toilette hineinmachte.

Zug 16

ELLESAB versteckte Süßigkeiten im Kofferraum seines Wagens. Dann suchte er neben einem Busch, hinter dem Dachse lauerten, nach ROTATIONSKURVE. Der Mann des älteren Paars kam ihm jetzt entgegen. Jener führte einen jungen Esel bei sich. ELLESAB dachte daran, dass er sich dem Mann gegenüber gut benehmen müsse. Er überlegte, ob er den Mann ein Stück mitnehmen solle. Das würde ihm Pluspunkte verschaffen. Doch wohin mit dem Esel?

Zug 17

Im Traum fuhr ELLESAB vor ein Haus, in dessen Eingang er die KINDERFRAU stehen sah. Er erinnerte sich an ein Foto von ihr, das ebenfalls im Hauseingang aufgenommen wurde und er überlegte, ob die KINDERFRAU immer im Hauseingang stehe und hier ihr Leben verbringe.

Zug 18

Ein Sprung brachte ihn wieder nach Hause. Hier wurde im Garten ein Fest gefeiert und auf der Terrasse sah ELLESAB REHAUGE. Sie war hier jetzt die Nachbarstochter und ELLESAB hatte das Gefühl, dass sie mit ihm sprechen wollte. Da ELLESAB jedoch sehr schüchtern war, ging er weg, setzte sich in ROTATIONSKURVEs Wagen und fuhr gleichzeitig in dem Wagen und auf seinem Fahrrad in die Straße, die nicht weit vom Knast entfernt war. ELLESAB hatte Mühe beide fahrbaren Untersätze bei sich zu halten, also stieß er das Fahrrad ab und parkte den Wagen.

Zug 19

ELLESAB schlich durch das Gewölbe. Er ging in einen Raum hinein, aus dem gleichzeitig LOT herauskam.
Ein Sprung brachte ELLESAB zu MOTZENSCHAUER, der PEDRO ein Keyboard schenkte. MOTZENSCHAUER bemerkte ELLESAB, ging auf ihn zu und streckte ihm die Hand entgegen. ELLESAB wollte ihm gerade auch die Hand geben und ihn begrüßen, doch da zog MOTZENSCHAUER die Hand wieder weg.

Wieder gab es einen Sprung und ELLESAB befand sich im Zimmer von den ANDEREN SCHWULEN ZWILLINGEN. Außerdem befand sich noch jemand anderes in dem Raum, von dem ELLESAB wusste, dass jener schwul ist. Der Schwule lachte die ganze Zeit. ELLESAB ging auf die ANDEREN SCHWULEN ZWILLINGE zu und schlug ihnen vor, doch eine Fortsetzung zu machen. Daraufhin erzählten die ANDEREN SCHWULEN ZWILLINGE davon, zu wem sie noch Kontakt haben. ELLESAB versuchte sich unterdessen an die Namen zu erinnern und ihm fiel nur noch der Name MITTEILUNGSBEGEHREN ein. Ein weiterer Sprung brachte ELLESAB zu CONNYGEBURTSTAGSFRAU. Jene erzählte ELLESAB davon, dass es in ihrer Stadt überall Bücher gäbe und dass sie einfach oft in fremde Wohnungen gehe und dort einfach nach solchen frage.

„Ich habe die Liebesfilm-Abende aufgegeben und mache nur noch Zeichentrick," erzählte sie. ELLESAB musste daran denken, dass er schon gern auch an einem Liebesfilm-Abend teilgenommen hätte.

CONNYGEBURTSTAGSFRAU und ELLESAB gingen jetzt auf ein Tor zu und ELLESAB erinnerte sich an HOHNs Worte.

„Liebe ist für' n Arsch," sagte er zu CONNYGEBURTSTAGSFRAU und ging jetzt weiter. Dann hatte er das Bedürfnis zu rennen und er merkte auch, dass sich in ihm eine Steuereinheit befand, die ihm das Rennen ermöglichte und ihn sogar immer schneller rennen lassen konnte. Plötzlich merkte ELLESAB auch, dass er fliegen kann. Also steuerte er sich in die Lüfte. Er hatte das Bedürfnis, dass ihn alle Menschen beim Fliegen zusehen müssen und neidisch auf ihn sind. Er flog also immer höher und immer schneller, aber er merkte auch, dass er nur begrenzt in die Höhe fliegen konnte. Also landete er wieder und er befand sich jetzt auf einer Treppe, die in einen Kellereingang führte.

„Ich will ein Buch sein," sagte er ganz trotzig zu sich.

Zug 20

Er schlug jetzt eine andere Richtung ein und hatte dabei das Gefühl, dass diese ihn zu einem Feld im Randbereich des Schachbretts bringen würde. Andere Personen folgten ihm, weil sie das Gefühl hatten, auch auf dem richtigen Weg zu sein.

ELLESAB, vorausgehend, bemerkte plötzlich, wie die beiden Klatschruten sich bei Berührung zu einer verschmolzen und zu einer plastikhaltigen Wünschelrute wurden. ELLESAB führte daher die Ruten zusammen und wurde jetzt durch einen heftigen elektrischen Schlag fast zu Boden gezogen.

„Hm, hier muss irgendwo eine Stromquelle sein," dachte sich ELLESAB, wunderte sich aber andererseits auch darüber, dass er durch eine Plastikrute Stromquellen erspüren konnte. Er zog die Wünschelrute also wieder zu zwei Klatschruten auseinander und klatschte damit demonstrativ auf den Asphalt. Dann ging er ein Stück weiter und beabsichtigte an einer neuen Stelle eine Stromquelle zu erspüren.

„Du bekommst gleich wieder einen elektrischen Schlag," sagte einer seiner Gefolgten.

„Das macht nichts, dadurch bekommt man mehr Ideen im Kopf," sagte ELLESAB, eilte aber jetzt stattdessen in eine benachbarte Waldgegend, wo er auf KRäUTERHEXE traf, die ihn einen Abhang hinunterschupste. Danach rutschte sie denselbigen ebenfalls kopfüber hinunter, nahm ELLESAB an die Hand und stieg mit ihm in eine Achterbahn. ELLESAB wunderte sich, dass der alten rüstigen Frau weder das Rutschen von Hängen noch das Fahren in Achterbahnen etwas ausmachte. Also fuhr er gemeinsam mit ihr durch Berg und Tal. In der Bahn saß auch das Gefolge von gerade. ELLESAB hatte gar nicht mitbekommen, wie dieses hier her kam.

Er sah nun wie die Bahn in wenigen Augenblicken in eine Unterwasserschleuse einfahren würde. ELLESAB überlegte kurz, ob das Holz, aus dem die Achterbahn gemacht war, über oder unter dem Wasser schwimmen bzw. tauchen würde. Die Antwort bekam er nach wenigen Augenblicken, denn die hölzerne Bahn fuhr in das Unterwasser ein. Da keiner der Fahrgäste angeschnallt war, tauchten alle rasch an die Wasseroberfläche.

KRäUTERHEXE und ELLESABs Gefolge verschwanden jetzt in andere Richtungen, während er durch die Schleuse in einen neuen Kanal schwamm.

Hier stand am Ufer ein Achterbahnkontrolleur, der ELLESAB fragte, wo er denn jetzt her komme und ELLESAB erzählte, dass er mit einer anderen Achterbahn gekommen sei. Der Kontrolleur war damit beschäftigt eine andere Achterbahn in Gang zu bringen und ELLESAB schlug jenem vor, dass man doch beide Achterbahnen miteinander koppeln könne, dass die erste Achterbahn doch auch die Strecke der zweiten Achterbahn mitbenutzen könne, so dass man schneller weiterkomme. Diese Erkenntnis verhalf ELLESAB zum nächsten Sprung.

Jetzt befand er sich in einer wunderschönen, friedlichen Berg und Talgegend, in der auch Achterbahnschienen verlegt waren. ELLESAB dachte noch einmal über seine Erkenntnis nach.

„Wenn man alle Strecken von Achterbahnen miteinander verbindet, kommt man sehr schnell von einem Ort zum anderen und man hat die Möglichkeit ohne Auszusteigen überall hinzukommen."

Zug 21

ELLESAB sah, wie sich die SCHWULEN ZWILLINGE näherten und den einwandfreien Zustand des S-Bahnhofs kontrollierten. ELLESAB ging an ihnen vorbei und bemerkte, dass auf der rechten Seite des Bahnsteigs, an dem sich sonst die Schienen befanden, eine kleine Einbuchtung war. Hier befand sich eine Art Verkaufsstand und ELLESAB sah, wie die SCHWULEN ZWILLINGE hinter die Theke gingen. ELLESAB wurde neugierig, weil er bemerkte, dass sich jetzt dem Stand mehrere Menschen näherten und irgendwelche Formulare ausfüllten. ELLESAB sah genauer hin und entdeckte jetzt hinter der Theke ein Regal, in dem sich Videokassetten befanden. Auf einem Videoetikett stand der Name eines Schauspielers, auf einem anderen der Name von MISS SCHUGGE.

ELLESAB zählte eins und eins zusammen und wusste jetzt, dass die SCHWULEN ZWILLINGE auf dem S-Bahnhof ein Casting veranstalteten. Er beobachtete, wie Menschen ihre Bewerbungsunterlagen in eine große Trommel warfen. ELLESAB wunderte sich, dass sich MISS SCHUGGE auch für den Film beworben hatte, da er gar nicht wusste, dass jener ein Faible für die Schauspielerei hat.

„Wenn die Agentur ein Videoband von ihm hat, dann muss er doch gerade auch hier gewesen sein," dachte ELLESAB und drehte sich in alle Richtungen. Er sah MISS SCHUGGE nicht und rief daher laut dessen Namen.

Zug 22

Eigentlich ist CONNYGEBURTSTAGSFRAU ein sehr netter Mensch und sie wird von allen geliebt. Nur ein Mensch hasst sie schon seit Monaten und das ist ELLESAB. CONNYGEBURTSTAGSFRAU fragt sich oft warum, aber sie bekommt einfach keine logische Erklärung dafür. Sie weiß nur, dass es irgendetwas mit NEUGIER und MITTEILUNGSBEGEHREN zu tun hat. Beide hatten einen Pakt geschlossen und wollten ELLESAB in den Wahnsinn treiben. Dabei haben sie CONNYGEBURTSTAGSFRAU einfach mit in die Geschichte hineingezogen.

CONNYGEBURTSTAGFRAU ist vor allem auf MITTEILUNGSBEGEHREN sehr sauer. NEUGIER führt zwar alle fiesen Aktionen durch, aber MITTEILUNGSBEGEHREN ist noch viel schlimmer. Sie gibt die Anweisungen dafür.

Einige Monate nachdem ELLESAB ihr zum ersten Mal gesagt hat, dass er sie hasst, träumte CONNYGEBURTSTAGSFRAU, wie KASTOR vor seinen Schöpfer trat. Dieser war wegen einer anderen Sache sehr sauer auf KASTOR und drohte ihm, dass er ihn in ein anderes Leben schicken werde. Diesmal werde er ihn als Karies von MITTEILUNGSBEGEHREN oder einer anderen ähnlich gestrickten Person in die Welt setzen.

Zug 23

Auf dem Polizeirevier war heute viel Trubel. Man war frustriert, da sich die Fibonacci-Verbrecherorganisation auf der Flucht selbst umgebracht hatte. Es wurden die letzten Protokolle verfasst, bevor die Akte endgültig abgeschlossen werden konnte.

Ein Polizist, der ein paar Beweismaterialien unterschlagen hatte, weil er einen Fetisch hat, verhörte in diesem Moment die ROTATIONSKURVE. Sie hatte kein Geld mehr, alles was sie jetzt noch besaß war die vierte Symmetrieoperation.

„Sind Sie Analphabetin?" fragte der Polizist.

„Nein, schreiben kann ich," antwortete die ROTATIONSKURVE.

Im Nachbarzimmer verschlang ein anderer Polizist Süßigkeiten und erzählte seinem Kollegen unverständlich kauend, dass er gestern bei einem Flohmarktbesuch einen Mann gesehen habe, der alle Modellzüge aufgekauft hat.

Zug 24

ELLESAB und T'AMI waren heute sehr wütend aufeinander.

„Geh mir aus den Augen," sagte ELLESAB zornig.

„Das kannste haben," erwiderte T'AMI trotzig und kroch in ein mehr oder weniger pädagogisch wertvolles Buch, das von ungehorsamen Kindern handelt. Sind die Kinder nicht artig, ereilt sie am Ende ein grausames Schicksal. Manchmal sind sie sogar tot.

„Sie haben halt ihre Lektion nicht gelernt und müssen für ihren Ungehorsam büßen, das ist Gerechtigkeit," sagte einmal MITTEILUNGSBEGEHREN zu NEUGIER in einer Diskussionsrunde über dieses Buch. LOT, der an diesem Tag die Diskussion zufällig mitbekam, wunderte sich, dass gerade MITTEILUNGSBEGEHREN diese Meinung vertrat. Na ja, aber noch mal zu T'AMI: T'AMI kroch also trotzig in das Buch und kopierte ein sehr freches Kind. Er wiederholte alle Textpassagen des frechen Jungen und das hätte ihn am Ende tatsächlich zum Tod führen müssen. Aber, aber, aber, T'AMI war am Ende der Geschichte nicht tot und dafür zu danken hatte er vor allem LOT.

LOT hatte nämlich ein besonders kritisches Auge auf dieses Buch geworfen, seit er die Argumentation von MITTEILUNGSBEGEHREN mitangehört hatte. So kam es eben dazu, dass LOT heute mitbekam, wie T'AMI in das Buch kroch. Er konnte die gesamte Transformation des frechen Jungen in T'AMI mitverfolgen. Deshalb rief er über die AB-

Leitung den Schöpfer von ELLESAB und T'AMI an.

Der Schöpfer war entsetzt und reagierte sofort.

Er zog ELLESAB und T'AMI an den Hammelbeinen und ermahnte sie streng.

„Hört mit dem Zickentheater auf. Das wäre ja noch schöner, wenn meine Charaktere tun, was sie wollen und einfach in fremde Bücher hineinkriechen."

25

Zug 25

ELLESAB fuhr im Zeitraffer in einem Doppeldeckerbus einen Berg hinauf, befand sich dann in der Nordstadt und ging um einen Brunnen herum. Dann befand er sich wieder in der Nähe des S-Bahnhofs.

Zug 26

Dies hier ist die SONNE. Schon bald spielt sie in diesem Buch eine wichtige Rolle. Die SONNE wohnt an der Grenze zu einem Raum im Dahinter zwischen irdischer und weltlicher Ebene. Daher kann sie auch mitverfolgen, was sowohl auf Erden als auch in der übrigen Welt passiert. Zunächst gibt es in dieser Welt ELLESAB, der sich als Springer auf dem Weg ins irdische Feld macht, um etwas über seine Herkunft  herauszufinden. Es begegnen ihm die eigenartigsten Personen, die ihm die seltsamsten Botschaften zukommen lassen. Es gibt USCHNAFFS, die seltsame Erfahrungen mit merkwürdigen Karussellfahrten machten und POMPONS, die über die Bedeutung von Namen philosophieren. ELLESAB springt durch Raum und Zeit. Er kommt dabei in die verschiedenen Situationen und irgendwie scheint die ganze Geschichte durcheinander geraten zu sein. Wie ein Puzzlespiel gilt es, sie wieder zusammenzufügen. Doch wer soll diese schwierige Aufgabe übernehmen?

Etwa T'AMI, der Geliebte von ELLESAB?

Für jenen war ELLESAB lange Jahre nur das Puzzlebild eines Halbbruders. Jetzt lieben sich beide, doch irgendwie werden sie immer wieder getrennt und das schon seit über fünfhunderttausend Jahren. Katastrophen und andere Personen hindern sie, zusammenzukommen.

Was bleibt da noch für T'AMI als fern zu sehen. Fern zu sehen im Fernsehen oder fern zu sehen, was die Zukunft bringt. Gott und seine Freunde wissen es sicherlich, doch führt auch der Weg von ELLESAB und T'AMI eines Tages zu des Königs Krone? Wir werden sehen, jetzt...

Zug 27

Danach traf ELLESAB auf GRAVUR und hatte auch mit ihr eine Unterhaltung, in der es darum ging, dass beide nun getrennte Wege gehen werden. Ein Blick in den HIMMEL ließ ELLESAB jetzt in Milliarden Kilometern Entfernung einen blauen Planeten erkennen, dessen Farbe jedoch nur ansatzweise an blau erinnert, da sie irgendwie noch kräftiger, leuchtender und ausdrucksstärker war.
ELLESAB kehrte also schnell noch mal um, lief auf die Bühne und kletterte jetzt in eine Lautsprecheranlage.

Zug 28

ELLESAB hatte soeben gehört, dass sich ROTATIONSKURVE von GLOXES trennen will und war darüber sehr traurig. Mit seinem Flugkissen unterm Kinn flog er deshalb in eine andere Welt. Irgendwann traf er hier auf die LICHTFEE, die ihm mitteilte, dass er in der Zeit seiner Abwesenheit einen anderen Dialekt angenommen habe. ELLESAB versuchte herauszufinden, was das für ein Dialekt war und er versuchte ihn räumlich einzuordnen.
Der HIMMEL malte jetzt das Bild eines Clowns mit einer roten Pappnase und zeigte es ELLESAB. Dieser freute sich darüber und fing an zu lachen. Dann verriet der HIMMEL ihm noch, dass der Kosmos ein Ei sei.

Zug 29

Ein Sprung brachte ELLESAB vor ein Gebäude, in dem eine Frau wohnte, die auf ELLESAB sauer war, weil er den Mann von gerade mitgebracht hatte. ELLESAB konnte in das Haus hineinsehen, es hatte einen langen Korridor.
Ein Sprung brachte ELLESAB jedoch in eine Gegend, in der es nur schief gebaute Häuser gab. Es waren Strichhäuser, die eigentlich sonst nur auf dem Papier existierten. KASTOR war auch da und fragte ELLESAB, ob er ihm helfen könne am Fundament zu ziehen. ELLESAB tat es und ging danach in sein Zimmer. Hier hatte er Sex mit dem

einem der ANDEREN SCHWULEN ZWILLINGE. Doch irgendwas störte ELLESAB. Im Zimmer sah er jetzt PEDRO, der mit Kaugummikugeln herumspielte. ELLESAB fühlte sich beobachtet und bat PEDRO das Zimmer zu verlassen. PEDRO fragte noch kurz, ob ELLESAB schon die Zeitung ausgetragen habe.

Zug 30

Ein Sprung brachte ELLESAB jetzt in eine große Halle, in der ein Mann Lose verkaufte. ELLESAB kaufte zwei Lose, hatte aber nur zwei Nieten. Der Losverkäufer musste für einen Moment die Halle verlassen, also klaute ELLESAB noch zwei Lose. Plötzlich kam jedoch der Losverkäufer zurück und ELLESAB spielte so, als seien jene zwei geklauten Lose, die welche er gekauft hatte. ELLESAB merkte, dass der Losverkäufer den Schwindel bemerkt hatte, trotzdem aber nichts sagte.

Ein Sprung brachte ELLESAB jetzt in ein Klassenzimmer. Eine Lehrerin war dort und ELLESAB glaubte, dass es die RAPPENDE ERDKUNDELEHRERIN sei. ELLESAB sollte jetzt den Unterricht übernehmen. Also tat er es und wurde zum Referendar. ELLESAB verbrachte die ganze Stunde damit den Schülern beizubringen, in wie viel verschiedenen Variationen man die Tafel klappen kann. Die Schüler und die Lehrerin waren von ELLESABs Lehrmethode sehr beeindruckt und applaudierten am Ende der Stunde. Jetzt kam auch die KINDERFRAU zu ELLESAB, die sich am heutigen Tag den Unterricht angeschaut hatte und machte ELLESAB darauf aufmerksam, dass PEDRO das Klappen der Tafeln noch nicht begriffen habe. Also erklärte ELLESAB sich bereit ihm das Prinzip noch einmal zu erklären.

Zug 31

In jener Straße kam ELLESAB vor die Hecke mit dem Loch, hinter der das ältere Paar ihren Garten hatte. ELLESAB schaute hindurch und sah auch GLOXES. Dann sprach er mit der älteren Dame. Er wunderte sich, weil jene ihn siezte, wo sie ihn doch früher geduzt hatte.

„Sie hatten angerufen, bezüglich der Schallplatten," sagte sie.

Neben ELLESAB stand jetzt die LICHTFEE. In diesem Moment fuhr ein LKW mit enormen Tempo die Straße herunter und fuhr ELLESAB und die LICHTFEE fast um. Die

LICHTFEE wurde sogar am Rücken gestreift und von der Ladefläche fielen Teile eines Gerüsts. Der LKW – Fahrer stieg aus und schrie ELLESAB und die LICHTFEE an. Er war sehr frustriert, früher wollte er Polizist werden, doch als er herausfand, wie mühsam es ist, einen Mordfall aufzuklären, hatte er sich entschlossen LKW-Fahrer zu werden.

„In dieser Straße ist Durchgangsverbot," schrie der LKW-Fahrer.

„So ein Quatsch, ich wohn hier," verteidigte sich die LICHTFEE und begann damit die Teile des Gerüsts von der Straße aufzusammeln. Die alte Dame blies währenddessen ein Kissen auf, dessen Farben die LICHTFEE, die vor einiger Zeit in einer Wickelfabrik gearbeitet hatte, nicht erkennen konnte, weil sie farbenblind ist.

ELLESAB half der LICHTFEE beim Aufsammeln und gemeinsam brachten sie die Teile zur Schule. Der Unterricht hatte schon angefangen und die RAPPENDE ERDKUNDELEHRERIN gab eine Vertretungsstunde in Englisch.

ELLESAB bemühte sich das Wort „this" auszusprechen, da es ihm jedoch nicht gelang, half ihm die RAPPENDE ERDKUNDELEHRERIN.

„This, this," sagte sie, während ihr ein langer Faden aus Speichel aus dem Mund hing.

„Was ist das denn?" fragte die LICHTFEE entsetzt, während alle anderen Schüler lachten.

„Das ist die Sabbelschleuderspritze," erklärte ELLESAB.

Zug 32

An diesem Tag hatte ELLESAB zunächst Sex mit seinem Spiegelbild. Dann fuhr er mit der Straßenbahn zur Schule und ging in ein Klassenzimmer, in dem ihm eine andere Lehrerin nach der Übersetzung eines langen Wortes fragte. Jenes französische Wort hatte mindestens 20 Buchstaben und ELLESAB erklärte seiner Lehrerin, dass er es leider nicht wisse und er das Wort noch nie gehört habe. Die andere Lehrerin gab ihm freundlich die Übersetzung und ELLESAB war zufrieden, dass sie nicht sauer auf ihn war.

Nach einem Sprung sah ELLESAB in einem Saal eine Galashow. WUNDERWILLI und andere Künstler brachten ihre Songs in neuen Variationen. Das inspirierte ELLESAB und er beschloss aus dem Kindergartenlied von vorhin eine Coverversion herauszubringen.

Zug 33

Jahre waren vergangen und ELLESAB traf in einem Kloster auf GRAVUR. Jene saß an einem Tisch und schrieb ständig in ihrem Tagebuch. Da sie nun nicht mehr zur Schule ging, schenkte sie ELLESAB ihre alten Schnellhefter. ELLESAB schaute ihn durch und freute sich, weil sich in einem auch der erste Erdkundetest befand.

ELLESAB hatte jetzt also die Möglichkeit einen Einblick in ihre Vorgehensweise bei der Berechnung der Aufgaben zu bekommen und ihre Lösungswege einzusehen.

ELLESAB schaute auf die Uhr und sah, dass es bereits 10 Uhr war und er hatte das Bedürfnis schnell zur Schule zu fahren, weil er dachte, dass doch im selben Moment die andere Lehrerin die Aufgabenzettel der Französischklausur verteilen würde. ELLESAB beschloss also sich noch schnell jede Menge Kugelschreiber zu besorgen, damit ihm während der Klausur nicht die Tinte ausgehen würde.

ELLESAB ging also über die Straße in jene Richtung, wo ROTATIONSKURVE mal einen Buchladen hatte. Jetzt drehte er sich wieder um und sah, dass auf der anderen Straßenseite ein grauhaariger Mann auf dem Bürgersteig stand. ELLESAB ging also zurück und ging in einen U-Bahnschacht, der sonst nicht hier gewesen ist. Dieser führte direkt in den unteren Bereich der Plattenbausiedlung.

Zug 34

TEUFEL saß jetzt mit einigen Transvestiten auf einer Couchgarnitur und er unterhielt sich mit ihnen. Er erzählte von MISS SCHUGGE, der den Plan habe ein Haus mit der Nummer 57 zu erreichen. Dabei verschwieg er aber, dass im Haus mit der Nummer 55, die KINDERFRAU wohnte.

Zug 35

ELLESAB bemerkte, wie er plötzlich in einem Bett lag und gen HIMMEL schaute. Die Wolken über ihm bildeten ein Loch durch das er hindurchsehen konnte. Jetzt verschoben sich die Wolken wieder und nahmen die Formen von Friedenstauben an. ELLESAB spiegelte seinen Blick vertikal und bemerkte, dass er auf Schaum sah. Dieser kam durch den Zwischenraum und ELLESAB stellte fest, dass er sich in der Umkleidekabine eines Schwimmbads zusammen mit MISS SCHUGGE befand. Der

Schaum kam durch den unteren Zwischenraum der Kabine und erreichte jetzt die Füße der beiden. ELLESAB ging aus der Kabine und wunderte sich, dass er hier war, da er noch keine Eintrittskarte gezogen hatte. ELLESAB suchte also nach einem Automaten. Er ging einmal um das Schwimmbad herum und an Liegen vorbei, in denen die ANDEREN SCHWULEN ZWILLINGE lagen. Neben zwei, die ihm besonders gefielen, wollte er sich hinlegen, doch er war unsicher, da er ja immer noch keine Karte hatte. Jetzt kam CONNYGEBURTSTAGSFRAU auf ihn zu und wollte ELLESAB umarmen. ELLESAB fragte sie jedoch erst, wo man ein Ticket kaufen könne.

„Heute am Samstag kostet das nichts, heute ist der Cola-Null-Tarif," sagte sie und hielt ELLESAB noch fester. ELLESAB wunderte sich insbesondere darüber, dass das Schwimmbad ausgerechnet am Samstag freien Eintritt hatte.

„An den Wochentagen, wo nur wenige Menschen ins Schwimmbad gehen kostet es Eintritt und heute am Samstag, wo viele Menschen hierhin gehen ist es umsonst," dachte ELLESAB, verstand jedoch die Logik nicht so richtig. Dann entfesselte er sich aus der Umarmung von CONNYGEBURTSTAGSFRAU und er ging jetzt auf eine Glasscheibe zu, hinter der sich noch ein Schwimmbecken befand.

Zug 36

ELLESAB saß jetzt in einem vollen Zugabteil. Er rauchte nicht mehr und der Platz neben ihm war frei. Hier stand sein Rucksack. Um den Platz frei zu machen nahm ELLESAB den Rucksack hinunter. Er nahm ihn aber nicht wie gewöhnlich auf den Schoß, sondern stellte ihn in den Gang. Der Mann des älteren Paars saß jetzt bis zur nächsten Station auf dem gegenüberliegenden Sitzplatz. Dann stieg er aus. ELLESAB schaute jetzt nach seinem Rucksack, doch jener war nicht mehr da. ELLESAB war erschrocken. Hatte ihn jemand geklaut? ELLESAB hatte den Gedanken, dass in ihm doch so viele persönliche Unterlagen sind, die Feldbeschreibung, die Charakterisierung und die Geburtsurkunde. Sie erneuern zu lassen, würde viel Zeit benötigen. ELLESAB sprang also auf und wollte aus dem Zug rennen und sich den Rucksack von dem Mann des älteren Paars zurückholen. Er war der einzige, der ausgestiegen war, nur er hätte ihn stehlen können. Dann bekam ELLESAB jedoch den Gedanken, dass jener ihn vielleicht doch nicht habe. Der Rucksack eventuell noch im Abteil sei, er ihn nur nicht gesehen habe. ELLESAB wusste nicht, was er tun sollte. Wenn er aussteigt und den Mann verfolgt, jener ihn aber nicht hat, wird er den Rucksack nicht zurückbekommen, weil dann der Zug schon abgefahren ist, bleibt er im Zug und der Mann hat den Rucksack, würde er ihn auch verlieren. ELLESAB überlegte, dass die Bahn für einen solchen Fall doch einen Service einrichten müsse, so dass man getrost aussteigen könne, der Zug auf einen wartet und man im Falle eines Irrtums dann doch noch weiterfahren könne und im Abteil nach dem Rucksack suchen könnte.

Zug 37

ELLESAB befand sich auf dem Rücksitz eines Wagens. NEUGIER saß am Steuer und fuhr jetzt mit 50 km/h in eine Kurve. Hinter der Kurve befand sich eine Fußgängerampel, die von orange nach rot sprang. In diesem Moment machte NEUGIER eine Vollbremsung und ELLESAB spürte eine leichte Quetschung verursacht durch den Gurt.
„Bist du bescheuert?" fragte er, weil NEUGIER so achtlos gefahren war. Wäre sie schneller gefahren oder hätte einen Unfall gebaut, wäre ELLESAB noch mehr verletzt worden.
Ein Sprung brachte die beiden in eine Wohnung. Sie schauten sich jetzt Bilder von ELLESAB an und ELLESAB bemerkte, dass sich NEUGIER heimlich seine Bilder unter die Jacke steckte.
„Beklaut sie mich jetzt?" fragte er sich und bemerkte im selben Moment, dass NEUGIER zu CONNYGEBURTSTAGSFRAU geworden war.

Zug 38

Ein Sprung brachte ELLESAB in ein Treppenhaus. Oben auf der Empore stand jetzt der Mann der KINDERFRAU, der ihm erzählte, dass er insbesondere mit REHAUGE große Probleme habe.
„Vielleicht liegt es daran, weil sie adoptiert wurde," sagte ELLESAB.
„Nein, alle meine Kinder sind ja adoptiert, weil ich keine Kinder bekommen kann. Wir haben MISS SCHUGGE, REHAUGE, GRAVUR und NAMENLOS adoptiert," erzählte der Mann der KINDERFRAU und ELLESAB wunderte sich, weil er immer geglaubt hatte,

MISS SCHUGGE und GRAVUR seien dessen wahre Kinder, jetzt sollten sie auch adoptiert sein. Und wer NAMENLOS sein sollte, wusste ELLESAB auch nicht.

„Hat die Familie vielleicht noch ein Kind adoptiert?" überlegte ELLESAB. Dann gab er dem Mann der KINDERFRAU eine weitere Idee, woran es liegen könne, dass er mit REHAUGE nicht auskomme.

„Vielleicht liegt es daran, dass sie sehr spät in die Familie gekommen ist," sagte er und ein Sprung brachte ihn jetzt in ein Klassenzimmer. Hier setzte sich ELLESAB neben HOHN. Er beobachtete, dass dieser auch einen Aufsatz über die beiden Königskinder geschrieben hatte. ELLESAB befürchtete, dass dieser ihm seine Geschichte klauen könne und ein Sprung brachte ihn in das Badezimmer.

Die Räumlichkeiten waren hier wieder verschoben und die Badewanne befand sich an der Stelle, an der sonst das Waschbecken stand. ELLESAB war hier mit HAGZISSA und MITRENNER.

HAGZISSA trug ein Kostüm, das ELLESAB heimlicher Weise von ROTATIONSKURVE genommen hatte. Es war ein Glitzerkostüm, in dem HAGZISSA in die Wanne stieg. ELLESAB hörte, dass ROTATIONSKURVE schon früher zurück kam und er hielt jetzt die Badezimmertür zu, damit sie nicht herausbekommt, dass ELLESAB HAGZISSA einfach deren Kleidung gegeben hatte, die jetzt auch noch durch das Badewasser völlig durchnässt war.

ELLESAB wollte nach ROTATIONSKURVE gehen und schlich vorsichtig aus dem Badezimmer. Im Treppenhaus begegnete ihm sein KUSCHELTIER, das ihm mitteilte, dass er doch besser auf der Treppe warten sollte. ELLESAB hörte aber nicht auf dessen Worte und ging stattdessen in ein Wohnzimmer, das sonst nicht im Haus da war. Er traf hier auf ROTATIONSKURVE und einem Ehepaar. Die Frau kümmerte sich um ROTATIONSKURVE und ELLESAB schaute den Mann an. Dieser hatte eine Sonnenfinsternisbrille auf.

„GLOXES ist tot," verkündete der Mann.

„Der blöde Sack," schrie jetzt ELLESAB. „Wir haben uns so viel Mühe gegeben ihn am leben zu lassen, doch er wurde einfach nicht schlau."

Zug 39

ELLESAB ging an vielen Laubbäumen entlang und ihm begegnete jetzt ein nackter Mann. Dieser sprach ELLESAB an und fragte ihn, ob er Lust habe in ein benachbartes Gebäude mitzugehen. ELLESAB war zweigespalten, er wollte einerseits mitgehen, weil er eine Anziehung verspürte, doch andererseits hatte er auch Angst.

Er entschloss sich schließlich bis zur gläsernen Drehtür mitzugehen. Doch je näher beide an das Gebäude kamen, umso größer wurde seine Angst.

ELLESAB befürchtete, dass er im Untergeschoss, irgendwelche Dienste für jenen erledigen müsse, die etwas mit Dunkelheit, Prostitution und Folter zu tun haben.

„Was ist, wenn ich nicht mitgehe?" fragte ELLESAB ihn.

„Dann töte ich dich sofort," antwortete der Mann und verwies auf einen Liebespfeil.

Im Gebäude führte ein mechanischer Fahrstuhl in das Untergeschoss. In der Kabine konnte nur eine Person Platz nehmen, also stieg zunächst der Mann ein, fuhr ein halbes Stockwerk tief und fuhr dann wieder hinauf, um ELLESAB zu demonstrieren, wie das mit dem Aufzug funktionierte. ELLESAB rechnete in Gedanken die Zeit aus, ob sie ausreiche, um doch noch zu fliehen. Dem Mann gegenüber stellte er sich dumm, und sagte ihm, dass er es noch nicht verstanden habe, wie man mit dem Fahrstuhl ins untere Stockwerk komme. Also stieg der Mann noch einmal in die Kabine und fuhr jetzt nach unten. Diese Zeit nutzte ELLESAB aus, um seine Beine in die Hand zu nehmen und wegzurennen. Er rannte und rannte, er spürte aber, dass der Mann nun hinter ihm her war und er mindestens einen Vorsprung von 500 Metern haben musste, um nicht vom Liebespfeil getroffen zu werden.

Zug 40

ELLESAB befand sich auf einem Reitplatz. Hier gab es verschiedene Tiere. Neben Pferden gab es auch Ochsen und Elefanten, die ELLESAB sich zum Reiten aussuchen konnte. ELLESAB entschied sich aber für eine andere Sportart. Jene implizierte das Sitzen auf einem Holzscheit, der von zwei Männern um einen Sportplatz getragen wird. ELLESAB sah aus der Ferne LOT, der auch an dem Wettbewerb teilnahm.

Ein Sprung brachte ELLESAB in eine Einkaufszone. Hier wurden in einem Geschäft Gasballons verschenkt. Immer wieder ging ELLESAB in den Laden hinein und holte sich einen Ballon und brachte ihn PEDRO, der vor dem Geschäft wartete. Aber immer wenn ELLESAB mit einem neuen Luftballon heraus kam, war der vorherige verschwunden, also wiederholte ELLESAB die Prozedur noch fünfmal. Danach gab ELLESAB auf und ging jetzt mit dem kleinen PEDRO an die Stelle, wo früher das Haus von MISS SCHUGGE war. Statt des Hauses war hier jetzt ein Hof, dessen Zugang mit einem Gitter versperrt war. Hinter dem Gitter gossen Arbeiter Benzin auf eine Teerschicht. ELLESAB hatte eine schreckliche Vorahnung, dass hier gleich alles explodieren würde. Also wollte er umkehren, doch PEDRO war jetzt schwer wie ein Felsbrocken. ELLESAB zog ihn, um von diesem Ort zu verschwinden, doch PEDRO bewegte sich nur zögerlich und ELLESAB hatte Panik, da er ohne PEDRO nicht so einfach hätte abhauen können.

Ein Sprung brachte ELLESAB in die Küche eines Hauses. Hier befand sich eine Frau mit braunen, langen und glatten Haaren. ELLESAB sagte ihr, dass sie gut aussehe und wurde jetzt durch einen Sprung in eine kleine gepolsterte Kammer versetzt. Auf dem Boden, an den Wänden und an der Decke waren hier Matratzen angebracht und eine Musik spielte hier. Außerdem lief auf einem kleinen Fernseher eine Soap Opera, die ELLESAB produziert haben sollte. Neben vielen unbekannten Darstellern spielte hier auch GLOXES mit.

ELLESAB hatte das Bedürfnis bei der Musik zu Schaukeln und zu Schunkeln und er überlegte, ob es ihm peinlich sein müsse, weil er den Rhythmus in seinem Blut spüre. CONNYGEBURTSTAGSFRAU kam jetzt in das Zimmer und setzte sich neben ELLESAB. Dieser überlegte, ob sie einen Annäherungsversuch bei ihm machen würde. Ihm war das nicht geheuer.

In der Nacht kam die GRABSCHERIN vor das Haus. ELLESAB beobachtete sie heimlich vom Inneren des Hauses aus und versteckte sich vorsichtig hinter den Fenstern. Er hatte das Gefühl, dass sie Geld eintreiben wolle und er sie daher nicht ins Haus lassen könne. PEDRO hatte offenbar Besuch von REHAUGE, die jetzt nach Hause ging. Das Öffnen der Tür durch REHAUGE nutzte jetzt die GRABSCHERIN aus, um ins Haus hineinzugehen.

Zug 41

ELLESAB befand sich vor dem Haus. Auf der Straße sah er die Zeitungsbotin, die GLOXES zurief, dass der Briefkastendeckel kaputt sei. GLOXES ignorierte jene und ließ sie in einem Selbstgespräch stehen, was den TRUPP NEUER NACHBARN sehr empörte.

ELLESAB wollte sich bei ihr für GLOXES entschuldigen, doch sie war schon wieder weg. Dem TRUPP NEUER NACHBARN zeigte er aber den Mittelfinger.

ELLESAB ging danach einen neuen Weg entlang, den es hier sonst nicht gab, und kam auf eine Straße, die hinab führte. Auf der linken Seite sah ELLESAB einen Postkasten und einen Zigarettenautomaten. Auf der rechten Seite war ein Geländer, von dem man aus auf eine Wiese hinunterblicken konnte. Auf der Wiese stand ein hochmodernes Spielplatzgerät, das jetzt von einer Gruppe Jugendlicher und Kinder ausgetestet wurde. ELLESAB hatte mittlerweile ein gelb-weißes Flugkissen unter sein Kinn geklemmt. Mit jenem wurde sein Körper leichter und er konnte jetzt die Straße hinunterfliegen. Sie führte auf die Straßenbahnhaltestelle „Baltage" zu und am Ende des Geländers stand ein grünes Haus, in dem die Zeichnung einer benachbarten Sackgasse graviert war, mit dem Hinweis auf ein reiches Ende.

Ein Kind vom Spielplatz entdeckte jetzt ELLESAB mit seinem Flugkissen und kam auf ihn zugerannt.

„Hey, was hast du da?" rief es, weil es wissen wollte, wie jenes Kissen funktioniere. ELLESAB wollte sein Geheimnis jedoch nicht preis geben und flog stattdessen die Straße wieder zurück.

Zug 42

Ein Sprung folgte und wieder befand sich ELLESAB in einem etwas höher gelegenen Stockwerk.

PEDRO war hier gerade am packen und MOTZENSCHAUER kam aus jenem Zimmer. ELLESAB beobachtete dessen Streitsucht und ELLESAB hatte große Lust ihm gehörig die Meinung zu sagen. Er tat es und das war der Auslöser, dass MOTZENSCHAUER jetzt noch aggressiver wurde. Er nahm ein Schwert in die Hand und fächelte damit in der Luft herum. ELLESAB las in seinen Gedanken, dass dieser ihn am liebsten erstechen wolle, da das aber nicht gehen würde, wurde er noch aggressiver, bekam einen roten dampfenden Kopf und kämpfte gegen seine inneren Blockaden.

ELLESAB sprach in einem ruhigen und sachlichen Ton mit ihm und MOTZENSCHAUER flehte ihn an, damit aufzuhören und ihn stattdessen anzuschreien und auch eine Waffe in die Hand zu nehmen. ELLESAB dachte aber nicht daran, eine Waffe zu benutzen und MOTZENSCHAUER äußerte, dass es ihm leichter fallen würde, wenn ELLESAB dies auch täte. ELLESAB hatte Mitleid, streckte jetzt den Zeigefinger in Richtung MOTZENSCHAUER aus und wedelte damit in der Luft herum. Leise schrie er MOTZENSCHAUER an, doch dieser bat darum, dass er lauter schreie. Also tat es ELLESAB und langsam lösten sich in MOTZENSCHAUER innere Blockaden und er konnte jetzt in geringen Teilen auch anfangen zu lachen. ELLESAB dachte, dass das für MOTZENSCHAUER der erste Schritt sein könne, sich in eine bessere Seele zu verwandeln und dass das bisher das beste gewesen ist, was er bei MOTZENSCHAUER jemals gesehen hat.

Zug 43

Das Gebäude hatte sich ein wenig verändert, es trug jetzt Lippenstift und Wimperntusche. Kurz vor dem Eingang sah ELLESAB in einer Ecke T'AMI stehen, der nervös an einer Zigarette

zog. ELLESAB tat so, als ob er ihn nicht sehen würde und ging dann schnurstracks zum

LKW und schloss ihn auf. Nervös griff er nach dem Zündschlüssel, weil er das erste Mal mit einem LKW fuhr. Er war aber stolz, dass er es tun würde. ELLESAB fuhr jetzt los und fragte sich, ob ihn T'AMI noch beobachten würde und was jener jetzt denken würde, weil ELLESAB ja mit einem LKW hier war. Dann fuhr ELLESAB in ein Gewerbegebiet. Auf einem Fabrikparkplatz wendete er, weil er sich plötzlich daran erinnerte, dass er als Kind ein leidenschaftlicher Daumenlutscher war. Doch da war noch etwas, dass mit dem Familiengeheimnis zu tun hatte.

Zug 44

Der Vogel näherte sich der Sackgasse. T'AMI hatte große Angst. Aus dem riesigen Schnabel hingen lange Speichelfäden, die auf den Asphalt tropften und ihn aufweichten. Dadurch krümmte sich die Straßenebene, so dass der Vogel mit seinem Schnabel in sie hineinbeißen konnte. Jener biss ganz fest, wackelte mit seinem übergroßen Kopf und riss die Straße samt Häuser aus dem Boden. Danach flog er mit der gesamten Sackgasse und allen Häusern, die sich auf ihr befanden in die Höhe. T'AMI wunderte sich, dass die Häuser und Bäume nicht wieder hinunterfielen, sondern stattdessen auf der Sackgasse im Schnabel des Vogels kleben blieben.

Zug 45

Ein Sprung brachte ihn zu REHAUGE, die ihm etwas zu sagen hatte, dass ELLESAB nicht verstand. Im Zeitraffer erfolgte ein nächster Sprung und ELLESAB fuhr mit seinem Wagen die Landstraße entlang. Er fuhr zu einem Haus, dass er noch nie gesehen hatte. ELLESAB arbeitete mittlerweile als Zeitungsausträger, jemand aus der Fabrik hatte ihm den Job beschafft.
ELLESAB wollte die Zeitung jetzt in den Briefkasten des Hauses werfen. Er parkte seinen Wagen rechts neben dem Haus und beobachtete, wie sich ein größerer Sportwagen dem Haus näherte und direkt vor dem Eingang parkte. Ein Mann mit blondem Haar stieg aus und ELLESAB überlegte, ob dies einer der SCHWULEN ZWILLINGE sei.
„Wenn er es ist, wird er mich den kleinen Zeitungsboten kaum erkennen," dachte ELLESAB und stieg mit einer gerollten Zeitung aus, um sie in die Briefkastenrolle zu

legen. Er bemerkte, dass der Mann, die Tür des Hauses nicht verschlossen hatte. Also überlegte er, ob gleich T'AMI aus dem Haus kommen würde.

„Wie wird er reagieren, wenn er sieht, dass ich ausgerechnet in seiner Wohngegend Zeitungsausträger geworden bin?" fragte ELLESAB sich. *„Er wird mir kaum glauben, wenn ich ihm erzähle, dass ich rein zufällig diesen Bezirk bekommen habe. Er wird glauben, dass ich ihn beschatte."*

ELLESAB wartete einen Moment vor der Briefkastenrolle und ging dann langsam zum Eingang, schob die Tür einen Spalt vor, um wenigstens einen kleinen Einblick in das Haus von T'AMI zu erhaschen. Er sah das Foyer und spürte eine Gemütlichkeit, die jetzt ausgerechnet einer der SCHWULEN ZWILLINGE mit T'AMI teilen durfte. ELLESAB wurde traurig, legte die Zeitung in den Türeingang und kehrte um. Um noch ein paar Eindrücke vom Inneren des Hauses zu ergattern, ging er draußen an der Hauswand entlang und schaute durch ein Fenster, deren Jalousien nur halb verschlossen waren.

"Hier muss das Badezimmer sein," dachte ELLESAB und träumte davon, irgendwann einmal mit T'AMI ein gemeinsames Schaumbad zu nehmen. Auf der linken Seite des Hauses, neben der Briefkastenrolle, glaubte ELLESAB das Wohnzimmer zu erspüren, in dem sich seines Gefühls nach, jetzt wohl einer der SCHWULEN ZWILLINGE und T'AMI befinden müssten. ELLESAB bekam jetzt einen Angstschub und er dachte daran, dass T'AMI vielleicht nicht herauskommt, weil er längst die Polizei gerufen haben könnte.

„Dann muss ich denen erklären, warum ich ausgerechnet in der Gegend Zeitungen austrage, in der jener Mann wohnt, in den ich verliebt bin," dachte ELLESAB und eilte jetzt zurück zu seinem Wagen. Er stieg ein und wollte den Wagen starten. Doch plötzlich bemerkte er, wie ein Feld, rechts neben dem Parkplatz, den Wagen in seinen Boden ziehen wollte. Hastig drehte ELLESAB am Zündschlüssel, um hier wegzukommen.

Zug 46

Es war ein Mond-Tag, der 7. Juni 2038. Fusionen waren in Mode gekommen und mittlerweile war auch die 2 zu 1 – Relationstheorie als Wissenschaft anerkannt worden. Die Städte des Ruhrgebiets hatten sich zu einer Weltstadt zusammengeschlossen und anlässlich der Weltausstellung in zwei Jahren begannen heute die Bauarbeiten auf einem alten Zechengelände für das größte Schachspiel der Welt.

Zug 47

TEUFEL traf heute in einem Feld auf WUNDERWILLI. Dieser war gerade dabei einen ovalen Kornkreis zu fotografieren.

„Der wyevyelte yst heute?" fragte TEUFEL in einem veralterten Dialekt.

WUNDERWILLI zog aus seinem Handgelenk eine kleine Kristallpyramide, setzte sie mit der Spitze gen Norden auf das Feld und antwortete. *„Es ist der 3. 6.1998."*

„So weyt schon? Dann dauert es nycht mehr so lange." Dem TEUFEL floss eine Träne durch das Gesicht. *„Es yst ein schönes Gefühl, aber bys dahyn muss noch eynyges passyeren ."*

WUNDERWILLI zog jetzt eine Röntgengerät aus seinem Handgelenk und röntgte den TEUFEL.

„Du wärst gern ein Mädchen, nicht wahr?" fragte WUNDERWILLI.

„Ja, aber ych kann das y eynfach nycht durch ein x ersetzen." Der TEUFEL zog aus seiner Jacke einen Zettel und einen Stift und kniete sich vor WUNDERWILLI. *„Ych hätte so gern deyne langen braunen Haare, ych beneyde dych sehr."*

Der TEUFEL lachte jetzt. *„Jemand hat deynen Namen yn den Kornkreys geschryeben."*

„Ich sehe nichts, da steht doch nur CORNKR {EI} S." WUNDERWILLI suchte vergeblich nach einer Botschaft im Kornkreis, die Rückschluss auf seinen Namen geben konnte.

„Na du musst jeden Buchstaben ym Alphabet um sechs Positionen nach rückwärts verlegen, dann syehst du deynen Namen," erklärte TEUFEL und zeichnete auf dem Zettel den gemeinten Code auf.

C	O	R	N	K	R	{E	I}	S
B	N	Q	M	J	Q	{D	H}	R
A	M	P	L	I	P	{C	G}	Q
Z	L	O	K	H	O	{B	F}	P
Y	K	N	J	G	N	{A	E}	O
X	J	M	I	F	M	{Z	D}	N
W	I	L	H	E	L	{Y	C}	M

"Ach so," begriff WUNDERWILLI. *„Es ist nicht so wie es aus sieht, es könnte auch MOTZENSCHAUER gemeint sein. Er trägt häufig meinen Namen. Es ist eine Schande, erst kürzlich hat meine KINDERFRAU geglaubt, ich habe ihr die Modellzüge geklaut. Tja, aus Cornkreis wird Wilhelm YC, was auch immer das heißen mag."* WUNDERWILLI nahm sein Röntgengerät und verschwand schließlich hinter dem Kornkreis. TEUFEL überlegte daraufhin, ob er sich in WUNDERWILLI verliebt habe, weil eben dieser genau so war, wie er immer sein wollte.

Zug 48

ELLESAB befand sich jetzt in einem Wolkenkratzer. Er schaute durch das Fenster und sah, wie plötzlich eine Flutwelle alle Gebäude unter Wasser setzte. Das Wasser reichte bis an das Geschoss, in dem er sich befand. Von hier aus, hätte er problemlos durch das Fenster in das Wasser springen können.

Zug 49

ELLESAB ging also nach draußen, ging einmal um das Haus und betrat es erneut durch den Garten. Hier bemerkte er, dass jemand eingebrochen hatte. ROTATIONSKURVE erzählte, dass man ihr alle persönlichen Briefe gestohlen hat und ELLESAB dachte sofort an die Fibonacci-Verbrecherorganisation. Er hoffte, dass nicht auch seine Sachen fehlen würden. Er ging also nach oben, um nachzusehen.

Zug 50

Nach einigen Momenten des Staunens folgte der nächste Sprung und er traf hier auf T'AMI. ELLESAB stieg mit ihm gemeinsam die Treppe eines Gebäudes hinunter und beide unterhielten sich über einige seiner Experimente. ELLESAB erzählte, dass er das Experiment mit den Glühbirnen auch schon einmal durchgeführt habe, dies heute aber nicht mehr tue. In einer überschnellen nonverbalen Zeitraffersprache erzählte T'AMI dasselbe. Jener nannte dabei einige Namen von Personen mit denen er das Glühbirnenexperiment vor Jahren durchgeführt hatte. ELLESAB freute sich über die weitere Gemeinsamkeit und beide verließen das Gebäude. Sie kamen jetzt auf eine Straße, wo schon eine Luxuslimousine auf die beiden wartete. Hier nahmen beide auf dem Rücksitz Platz. T'AMI erzählte ELLESAB aus den 70er Jahren. ELLESAB hatte noch eine kurze Frage zu 1974 und wollte sie T'AMI gerade stellen, doch in jenem Moment zog ihn jemand auf ein anderes Feld.

Zug 51

Ein Sprung brachte ELLESAB jetzt in eine Feldgegend. Hier wartete ROTATIONS-KURVE auf ihn, mit der er gemeinsam einen rechten Feldweg einschlug. Aus der Ferne sah er am Ende des Weges eine türkis-blau-grüne Windmühle und ELLESAB freute sich über die Farbenpracht. Auf der Hälfte des Weges traf er auf eine ihm bekannte Person, mit einem Kopftuch. Noch erkannte ELLESAB nicht, wer es war, also ging er auf sie zu, bis er schließlich erkannte, dass es GRAVUR war. Jetzt kamen auch LOT und HOHN dazu. ELLESAB freute sich, dass er auf einmal seinen Schulkameraden begegnete. Aus der Ferne kam jetzt das WINKELDREIECK angetrottet. ELLESAB schaute in die Gesichter der ehemaligen Mitschüler. Sie hatten sich überhaupt nicht verändert, ihre Gesichter waren nur ein wenig älter geworden und es freute ELLESAB, dass er sie trotzdem noch erkennen konnte. Alle marschierten in Richtung eines maroden Hauses, das an eine übergroße Gartenlaube erinnerte. Im Inneren saßen noch andere ehemalige Mitschüler und T'AMI.

ELLESAB wunderte sich, warum er hier war. Für ihn mussten die Mitschüler doch alles Fremde sein. Er freute sich dennoch, dass T'AMI auf diesem Klassentreffen anwesend war. Jetzt konnte er ihm jeden einzelnen vorstellen. ELLESAB schaute durch die Sitzreihen, doch plötzlich stellte er fest, dass da jemand fehlte.

KASTOR war nicht da, also beschloss ELLESAB noch einmal kurz nach draußen zu gehen, um ihn zu holen. Vor dem Gebäude war jedoch niemand, also ging ELLESAB wieder hinein. Doch er hatte sich zu lange Zeit gelassen, denn T'AMI war schon wieder verschwunden.

ELLESAB fuhr neben HAGZISSA im Wagen eine Landstraße entlang. In einer kleinen Einmündung hielt sie schließlich an, wo aus einem Toilettenhäuschen GRAVUR und der HäFTLING kamen.

Zug 52

Ein Sprung versetzte ELLESAB in eine Fabrik, in der er jetzt Urlaubsvertretung machen sollte. Auch andere ihm bekannte Personen arbeiteten hier und ELLESAB beobachtete jeden einzelnen bei seinem Arbeitsschritt.

Gegen Nachmittag wurde ELLESAB nervös, da er noch einen Termin hatte, aber im Moment aus der Produktion nicht herauskam.

Zug 53

„Am Tag als nasse Augenpaar erblicken,

zwei Ufer, getrennt durch einen reißenden Fluss,

in Atemnot und drohen zu ersticken,

vier Liebende dort am Rande stehen

und tiefe Trauer lassen über sich ergehen.

Noch trennen Welten beid' liebende Paar,

da Zeit war noch nicht gekommen,

bevor Unglaubliches geschah,

dass Tränen trocknen für immerdar.

Doch, Brüder, lasst uns zurück blicken,

in Zeiten da der Schmerz geschah..."

Zug 54

ELLESAB war heute Gast bei HAGZISSA und MITRENNER. Er beobachtete, dass beide verschiedene Dinge eingekauft hatten, deren Verpackungen sie jetzt öffneten. In den Verpackungen befanden sich Dinge, die ELLESAB nicht kannte, von denen er aber vermutete, dass es essbare Dinge seien. ELLESAB schaute beiden jetzt weiterhin zu und war sehr gespannt, was sie jetzt machen würden. HAGZISSA öffnete eine Verpackung, in der sich runde lebkuchenähnliche Gebilde befanden. In MITRENNERs Verpackung befanden sich ebensolche. HAGZISSA teilte jetzt die Gebilde auf, reichte MITRENNER die Hälfte ihres Inhalts und MITRENNER tat gleiches und reichte die Hälfte seiner Lebkuchenteile an HAGZISSA. Ebenso machten die beiden es auch mit den Inhalten der anderen Verpackungen und ELLESAB verstand nicht den Sinn dieser Prozedur.

„Beide öffnen immer zeitgleich eine Verpackung gleicher Natur. Und der Inhalt in jenen Verpackungen ist im Moment des Öffnens auch immer untereinander gleich und trotzdem tauschen sie immer die Hälfte ihres Inhalt gegeneinander aus." ELLESABs Verwunderung war groß und er überlegte, ob ihm irgendein Wissen über die mysteriösen Dinge in den Verpackungen fehlt.

„Sie sehen immer gleich aus und trotzdem müssen sie eine andere Bedeutung oder Funktion haben. Wenn es etwas Essbares ist, dann könnte es ein Unterschied im Geschmack sein, trotz des gleichen Aussehens," überlegte ELLESAB und ging jetzt nach draußen auf ein Parkdeck.

Zug 55

Es war Dienstag, der 19. Februar 1986. T'AMIs Krankheit hatte ihren Höhepunkt erreicht und er traf sich in einem hellen Licht mit MON AMI. Es war seine erste Nah-Leben nach dem Leben Erfahrung. T'AMI freute sich seinen Bruder wiederzusehen und MON AMI zeigte ihm weltliche Systeme. T'AMI wollte hier bleiben, weil er hier die schönste Erfahrung machte, doch MON AMI brachte ihn wieder zurück.

„Geh wieder zurück, du musst noch dein Leben leben und lieben," sagte MON AMI und verriet ihm, dass das der Sinn des Lebens sei. Er erklärte auch warum.

„Ohne die menschliche Erfahrung gemacht zu haben, im Sinne von menschlich, bist du nicht reif für diese Welt. Die Reizüberflutung und die neuen Aufgaben hier, würden dein jetziges Ich überfordern," erzählte MON AMI.

„Du musst mit dir selbst eins werden, dann kannst du auch mit uns eins werden, erst dann bist du hier willkommen. Bis dahin ist es besser, wenn du in dem Bereich bleibst, der für dein jetziges Leben erschaffen wurde."

T'AMI ging also wieder zurück, verkleidete sich als Pirat, fuhr ans Meer und kämpfte mit aller Kraft gegen ein unseliges Tier. Nach zwei Monaten hatte er den Kampf gewonnen.

Zug 56
ELLESAB ging durch eine dunkle Waldgegend und sah jetzt, GRAVUR an einem Tisch sitzen und weinen.

45

„Sie weint bestimmt, weil sie ihren Vater verloren hat," dachte ELLESAB und sah jetzt, wie GRAVUR aufstand und weiterging. ELLESAB folgte ihr und fragte sie, ob sie ihm einen Rat geben könne, wie er den Weg aus dem Feld finden könne.

„So weit bist du schon, du hast doch viel später angefangen," sagte GRAVUR und ELLESAB bemerkte jetzt, dass er sie etwas falsches gefragt hatte, da seine rote Pappnase verschwunden war.

Zug 57

Am nächsten Tag begegnete ELLESAB in der Nähe der Haltestelle „Baltage" MOTZENSCHAUER, der ihn zu einem Kampf herausforderte. ELLESAB wollte zunächst nicht, schlug ihm einen Kompromiss vor und erzählte etwas von einem Wettbewerb.

Zug 58

ELLESAB bekam heute von GLOXES einen Einkaufsgutschein in Höhe von 300 Euro. Damit konnte sich ELLESAB in GLOXES Kaufhaus etwas aussuchen. Also ging ELLESAB durch die Reihen und schaute nach Dingen, die ihm gefallen könnten.

In der Mittagspause ging ELLESAB durch die Fußgängerzone. Hier sah er vier Obdachlose. ELLESAB dachte kurz daran, dass er einen Bekannten habe, dem ein ganzes Kaufhaus gehöre und dass dieser sicherlich auch für die Obdachlosen Einkaufsgutscheine hätte. Also lud ELLESAB die Obdachlosen in das Kaufhaus ein. Stolz ging er mit ihnen durch die Reihen und sagte ihnen, dass sie sich alles nehmen dürfen, was sie wollten. ELLESAB beobachtete, dass eine Verkäuferin der Süßwarenabteilung ihn skeptisch anschaute. Doch dies machte ELLESAB nichts aus, schließlich war er derjenige, der mit dem Besitzer bekannt war, er sich alles herausnehmen könnte.

„Die Verkäuferin ist ja nur eine Bedienstete," dachte ELLESAB herablassend. ELLESAB wollte jetzt die Waren, die sich die Obdachlosen ausgesucht haben mithilfe von GLOXES bezahlen, also suchte er im Geschäft nach ihm, doch GLOXES war längst verschwunden.

Zug 59

ELLESAB ging auf eigene Faust weiter. Er traf auf die RAPPENDE

ERDKUNDELEHRERIN und einen Trupp spielender Kinder. ELLESAB überlegte, ob er sich ihnen einfach anschließen sollte, weil er noch wusste, wie schön es war, als alle beim letzten Mal zusammen im Freizeitpark waren.

Die RAPPENDE ERDKUNDELEHRERIN wollte ELLESAB unbedingt für den

Ausflug für sich gewinnen, doch ELLESAB zögerte, als er erfuhr, was am heutigen Tag auf dem Programm stand und der Trupp sich keine Freizeitaktivitäten, sondern Jugendkriminalität und Armut vor Ort anschauen sollte.

Zug 60

Er stand im Wohnzimmer und schaute auf den Flügel im Hintergrund. ROTATIONSKURVE kam mit OMA WEISHEIT dazu, die gerade wieder am leben war.

Sentimental schaute ELLESAB wieder auf den Flügel.

„Wenn ich Geld hätte, würde ich dir einen kaufen," sagte OMA WEISHEIT zu ELLESAB.

PEDRO stand auf dem Parkdeck und unterhielt sich mit einem TRUPP NEUER

NACHBARN. Er kam mit einem Stativ zurück und ELLESAB stellte fest, dass es nicht seins war, sondern ein billigeres und kleineres. Also ging er nach draußen, wo der TRUPP NEUER NACHBARN stand, die nun alle in das Haus einziehen wollten. Es waren etwa zwanzig und ELLESAB sprach die Anführerin an. Es war MITTEILUNGSBEGEHREN. ELLESAB sagte ihr, dass sie sein Stativ gegen ein billigeres ausgetauscht hatten.

„Das ist doch nicht mein Problem, du hättest eben besser pokern müssen," erwiderte MITTEILUNGS-

BEGEHREN eiskalt. ELLESAB wollte aber unbedingt sein Stativ zurück und er spürte die Ungerechtigkeit, die hier herrschte. Man hatte die kindliche Naivität seines Bruders einfach ausgenutzt, um sich zu bereichern und das gefiel ELLESAB nicht. Er

schaute sich auf dem Parkdeck um und er hatte den Plan, sich das Stativ einfach wegzunehmen. Es war seins und niemand hatte das Recht es einfach zu entwenden. Er schrie und drehte sich nach allen Seiten, doch MITTEILUNGSBEGEHREN und dem

TRUPP NEUER NACHBARN war es egal. Nacheinander entfernten sie sich und ließen ELLESAB allein. ELLESAB war deprimiert und ging zurück ins Haus.

Zug 61

T'AMI wuchs in einer Großfamilie auf. An seinem 18. Geburtstag wurde ihm erstmals bewusst, dass dies ein tolles Geschenk ist. Fast alle seiner Geschwister waren da und dazu gehörten seine Schwester GRAZIE, sein Bruder TOBAK, sein Bruder FIGHTER, sein Bruder COURAGE und sein Bruder HABDASBESONDERE.

MON AMI war natürlich nicht da, wie sollte er auch. Er kam nur immer dann, wenn T'AMI allein war. MON AMI war T'AMIs Zwillingsbruder. Deshalb hatte T'AMI auch eine besondere Leitung zu ihm, die er manchmal, wenn er besonders glücklich oder besonders traurig war, herstellen konnte. Heute war so ein Tag. Zunächst war er sehr glücklich, weil fünf seiner Geschwister an seinen Geburtstag gedacht hatten, doch als sie wieder gegangen waren, war er traurig, weil zwei seiner Geschwister fehlten. Zur Abenddämmerung ging T'AMI nach draußen und rief nach MON AMI.

MON AMI kam auch sofort und meldete sich von einer Wolke aus.

„Alles Gute zu deinem Geburtstag," sagten beide gleichzeitig zueinander. T'AMI erzählte MON AMI von den Ereignissen auf der Geburtstagsfeier, obwohl er wusste, dass MON AMI die Feier aus der Ferne verfolgt hatte.

„Es war alles so lustig, GRAZIE hat einen neuen Tanz erfunden, HABDAS-BESONDERE hat uns seine neueste Erfindung vorgeführt, ja und TOBAK hat...".

„Ich weiß, ich weiß, ich weiß," stoppte MON AMI ihn. *„Ich habe ein Geschenk für dich, es geht um unseren Halbbruder. Du weißt, ich kann dir nicht direkt sagen, wer es ist, aber ich kann dir einen Tipp geben, wie du ein Bild von ihm bekommst."*

„Wie?" fragte T'AMI. *„Das wäre großartig. Wenn ich ihn eines Tages finde, dann würde auf allen weiteren Geburtstagen keiner außer dir mehr fehlen und dass du bei mir bist, spüre ich ohnehin immer in meinem Herzen."*

„Unser Halbbruder ist ein Cocktail aus uns allen, wenn du das beste äußere und innere aus uns Geschwistern nimmst, erhältst du ein Bild von ihm."

T'AMI bedankte sich bei seinem Zwilling für den guten Tipp. Dann verabschiedeten sich beide voneinander. Anschließend machte sich T'AMI an die Arbeit und entwarf ein Bild von seinem Halbbruder. Er musste also GRAZIEs Engagement, TOBAKs eigenwilligen Humor, FIGHTERs Stärke und Kampfgeist, COURAGEs Mut und HABDASBESONDEREs Kreativität besitzen. Was sein Halbbruder jedoch von ihm und von MON AMI besaß, wusste T'AMI zu diesem Zeitpunkt noch nicht.

„Egal," dachte T'AMI und entwarf jetzt auch ein äußeres Bild. In einen Trichter warf er imaginär GRAZIEs Haltung und Augen, FIGHTERs Haare, COURAGEs Ohren, HABDASBESONDEREs Nase und Mund, die durch TOBAKs Lachfältchen und Grübchen ergänzt wurden. Am unteren Ende des Trichters kam jetzt ein Bild von T'AMIs Halbbruder heraus. Es gefiel ihm. Endlich, endlich hatte er ein Bild von ihm, jetzt könnte er sich auf die Suche begeben. Was noch fehlte war ein Name. Da T'AMI das Bild seines Bruders wie Puzzlesteine zusammengefügt hatte, las er jetzt das Wort PUZZLE rückwärts und er erhielt den Namen ELZZUP. Um den Namen von der Buchstabenfolge ein bisschen netter aussehen zu lassen, wandelte er das Wort in ELLESAB um. Jetzt wusste T'AMI endlich wen er zu suchen hatte, doch ein Problem blieb noch, er wusste nicht, wo er ELLESAB suchen sollte.

Zug 62

Zunächst fuhr er in eine Waldgegend, da er aber keinen Platz fand, der ihn ansprach, fuhr er wieder zurück. ELLESAB bemerkte, dass die beiden nicht mehr neben ihm saßen und auch dass er ohne einen fahrbaren Untersatz fuhr. Die Straße führte auf eine Schule zu und ELLESAB sah auf dem Schulhof die RAPPENDE ERDKUNDELEHRRIN, die auf Kreidezeichnungen umherhüpfte. ELLESAB parkte seinen Wagen, betrat dann den Schulhof, ging auf sie zu und begrüßte sie. Die RAPPENDE ERDKUNDELEHRERIN zeigte aber kein Interesse an einem Gespräch, sondern hüpfte jetzt weg. ELLESAB fragte sich, ob sie ihn überhaupt erkennen würde.

„Vielleicht sieht sie mich überhaupt nicht," dachte ELLESAB und folgte ihr. Die RAPPENDE ERDKUNDELEHRERIN war verschwunden, wie vom Erdboden verschluckt, stattdessen traf ELLESAB jetzt auf die GRABSCHERIN. Diese erkannte ihn sofort, kniff ihn am Po und ELLESAB unterhielt sich kurz mit ihr. Nach dem Gespräch,

dessen Inhalt ELLESAB nicht verstanden hatte, verabschiedeten beide sich voneinander und winkten sich zu.

„Vielleicht sehen wir uns noch einmal irgendwann," sagte ELLESAB und er bemerkte, dass das passieren könnte, aber auch nicht, da die GRABSCHERIN schon in einem höheren Alter war. Irgendwie hatte ELLESAB das Gefühl, dass er sie nicht mehr wiedersehen würde und das dieses beide wissen. In ihrer Verabschiedung überspielten beide dies jedoch. ELLESAB dachte kurz an alle Menschen, die einem begegnen, die man dann nie wieder sieht oder nur noch einmal kurz nach vielen Jahren.

Zug 63

ELLESAB befand sich jetzt in einer Schneelandschaft. WINKELDREIECK erklärte ihm, dass sich hier früher einmal sensationelle Karussells befanden und dass es in der Erprobungsphase in den 70er Jahren normal gewesen ist, dass immer mal wieder USCHNAFFS beim Fahren auf den Karussells gestorben sind. Ein Karussell, so das WINKELDREIECK, sei eine Achterbahnfahrt auf einer Sprungschanze gewesen, deren Gondeln aus Einerbobs bestanden haben.

Laut WINKELDREIECKs Aussage sei es normal gewesen, dass hier pro Tag mindestens ein USCHNAFF beim Ausprobieren ums Leben gekommen ist. ELLESAB dachte noch daran, dass die USCHNAFFS alle so gleichgültig gegenüber ihrem Leben sind.

„Wenn doch jeden Tag einer stirbt, muss doch auch jeder der fährt damit rechnen, dass er der nächste sein könnte," dachte ELLESAB.

WINKELDREIECK erklärte, dass es für kurze Zeit in der Erprobungsphase auch mal eine Gondelfahrt gegeben hat, bei der in jeder Gondel sechs USCHNAFFS Platz fanden. Schon bei der ersten Fahrt seien ein männlicher und ein weiblicher USCHNAFF gestorben.

Die Gondel, in der sich immer drei auf der einen und drei auf der anderen Seite befunden haben, habe eine Fahrt auf imaginären Schienen durch die Schneelandschaft gemacht. Dabei überschlug sie sich immer wieder um die eigene Achse und es konnte passieren, dass am Ende der Fahrt einige Tote in der Gondel saßen. ELLESAB war schockiert, wie leichtsinnig einige USCHNAFFs mit ihrem Leben spielten.

Zug 64

Heute begegneten sich auf dem Schachbrett die Figuren des goldenen Turms und des goldenen Springers.

„Hallo," sagte der TURM.

„Hallo," sagte der SPRINGER.

Dann gingen sie wieder in unterschiedliche Richtungen.

Der TURM machte immer geradlinige, rationale Züge, wobei der SPRINGER immer irrationale Züge machte. Seine 2 zu 1 – Schritte hinterließen auf seinem Weg immer den Buchstaben „L" für Leben und Liebe. Seine Sprünge ließen es nicht zu, dass sich TURM und SPRINGER auf einem Feld begegneten. Und das war das tüftelige am ganzen Schachspiel. Um sich zu begegnen und zu einem Turmspringer zu verschmelzen, müssten sich beide Figuren entgegengesetzt ihrer Regeln verhalten. Ja, sie sogar wie die Weltsprache und Weltwissenschaft vertikal gespiegelt auf den Kopf stellen.

Die SONNE war heute sehr traurig. Sie lebte schon sehr lange in dem Raum im Dahinter mit Blick auf das Irdische und mit Blick auf das Weltliche. Da sie in beide Bereiche sehen konnte, dachte sie, dass das was unter Rationalität verstanden wird, eben damit zusammenhängt auf welcher Seite man sich befindet. Es hat für die Figuren TURM und SPRINGER auch damit zu tun, ob man sich auf einem schwarzen oder weißen Feld befindet.

Die Sonne war heute sehr traurig. Sie hoffte auf eine Liebe zwischen beiden Figuren. Sie weinte und weil sie sich ihrer Tränen schämte, zog sie einen Vorhang vor ihr Gesicht.

Sie wusste aber auch, dass es zwei Menschen gab, welche die Begabung hatten, den Vorhang wieder beiseite zu ziehen. Beide waren zu einer Bewusstseins- bzw. Bewusstsechserweiterung gekommen, nämlich zum sechsten Sinn, dem Hellsehen, Weitsehen und Fernsehen. Die SONNE schaute jetzt auf beide Personen.

Zunächst auf T'AMI, der sich wieder mal mit MON AMI unterhielt. Dann blickte sie auf ELLESAB, der in einem Garten hinter einem Mauervorsprung Cannabispflanzen züchtete.

„Hör damit auf!" flüsterte die SONNE.

Zug 65

Es war Dienstag, der 26. April 2011. T'AMI befand sich heute in einem wunderbaren Ballsaal. Das Parkett bestand aus glitzerndem Kristall. Jemand hatte T'AMI hier herbestellt, weil er sich in ihn verliebt hatte. T'AMI wusste nicht, wer es sein könnte, irgendwie hatte er die Hoffnung, es würde ELLESAB sein. Da ELLESAB ihn aber schon unzählige Male versetzt hatte, traute T'AMI sich nicht, die Hoffnung zu tief in sich hineinzulassen. Ein attraktiver Mann kam zu T'AMI, hob ihn hoch, als sei er seine Braut und trug ihn in ein sehr enges angrenzendes Treppengewölbe. Auf den kraftvollen Armen des Mannes ging es Stufe um Stufe nach oben. Die Enge jenes Gewölbes unterstrich die Harmonie.

T'AMI wollte mit jenem Mann mitgehen und mit ihm für immer zusammen bleiben, aber er wusste auch, dass dies von der Prophezeiung her nie möglich sein wird. Also bat T'AMI den Mann ihn im ersten Stockwerk abzulassen. Da er ihm keinen Korb geben wollte, seine Gefühle nicht verletzen wollte, erfand er die Ausrede, er müsse noch zur Uni. Der Mann war sehr verständnisvoll, ließ T'AMI gehen und äußerte, dass er auf ihn warten werde.

Im ersten Stock befand sich ein Fahrstuhl, in den T'AMI jetzt hineinstieg und in ein Kellergeschoss fuhr. Von hier kam man nach draußen. Um jedoch über den Hof gehen zu können, musste man hier die Uniform eines Wächters tragen. Das kam T'AMI gerade recht, als er sah, dass sich hier auch die GRABSCHERIN befand. Da sie sehr scharf auf ihn war, hatte T'AMI dadurch einen Vorwand, ihr zu entkommen. An einen Wächter hätte sie sich schließlich nie herangetraut.

Der GRABSCHERIN lief der Sabber aus dem Mund, als T'AMI in seiner Uniform an ihr vorbeiging, doch sie ließ die Finger von ihm.

Es dauerte einige Stunden, bis T'AMI zur Fabrik kam. Durch ein Fenster im Parterre brach er hier ein. Es schien niemand mehr da zu sein, daher kletterte er auf eine

Hebebühne. Von seinen Sachen, die er vor langer Zeit hier zurückließ, waren nur noch wenige da. Die anderen hatten das meiste offenbar entwendet und der Rest, der noch da war, war ohnehin in die kleinsten Kleinteile zerlegt worden. Nichts der Fabrik hatte noch irgendetwas mit früher zu tun, daher wurde T'AMI sehr traurig. Die Vergangenheit schien endgültig vorbei zu sein, jetzt begriff er es. T'AMI wollte weinen, doch in diesem Moment hörte er Stimmen aus der Nachbarhalle. Er schlich sich vorsichtig an sie heran, doch offenbar hatten jene in der Nachbarhalle längst mitbekommen, dass T'AMI hier war.

„Komm doch herein und leg dich zu uns," rief einer.

T'AMI betrat die Nachbarhalle und traute seinen Augen nicht. In der Halle befand sich ein großes Bett auf dem ELLESAB und noch ein ELLESAB lagen.

T'AMI war verwirrt. Er wusste, dass ELLESAB einen Zwillingsbruder hatte, aber das war KASTOR. KASTOR sah absolut anders aus als ELLESAB und T'AMI hatte immer vermutet, dass KASTOR und ELLESAB zweieiige Zwillinge sind. Doch hier befanden sich offenbar ELLESAB und sein richtiger, eineiiger Zwillingsbruder.

„Na komm schon, leg dych zu uns," sagte der rechte ELLESAB.

T'AMI konnte gar nichts mehr sagen und gehorchte. Er legte sich zwischen die beiden und betrachtete von hier aus die Fabrikdecke. Alles war hier grau und schwarz, selbst die Farbe seiner Haut schimmerte in dieser Halle grau.

„Na du byst doch eyner aus der Famylye, yn der alle, Statyve myt 21 Zentymetern besytzen," sagte der rechte ELLESAB.

„Als wenn das jetzt wichtig wäre," dachte T'AMI. Er stellte fest, dass ihm der rechte ELLESAB unheimlich unsympathisch war. Zum linken ELLESAB hingegen spürte T'AMI eine unheimlich große Zuneigung. Doch dieser sprach kein einziges Wort und schaute T'AMI mit keinem Blick an. Der linke ELLESAB hatte offenbar große Angst vor etwas, zunächst glaubte T'AMI es hätte etwas mit dem rechten ELLESAB zu tun. Aber das war es nicht. T'AMI las die Gedanken des linken ELLESAB, konnte den Code aber nicht knacken. Er konnte in den Gedanken nur erkennen, dass es mit einem Familiengeheimnis und mit den 60er Jahren zu tun hatte.

„Es yst aus, Gay," sagte der rechte ELLESAB schnippisch. *„Aus".*

In T'AMIs Gedanken ratterte jetzt ein eigenständiger Buchstabencode vorbei.

AUS
BVT
CWU
DXV
EYW
FZX
GAY

T'AMI war die Stimmung in dieser Halle nicht mehr geheuer, also stand er von dem Bett auf und rannte aus der Halle. In Panik lief er in eine andere Halle, als in diejenige aus der er zuvor gekommen war. Hier befand sich WUNDERWILLI. Jetzt war alles gut. T'AMI ging auf ihn zu, umarmte ihn und küsste ihn. Mit ihm wollte er jetzt für immer zusammen bleiben. WUNDERWILLI hatte so schöne braune lange Haare.

Zug 66

ELLESAB befand sich jetzt in einer dunklen Wohnsiedlung. Hier beobachtete er, dass Jugendliche jemanden umbrachten. Auf dem Bürgersteig lagen Plattencovers, Knallfrösche und verschüttete Milch. ELLESAB schlich vorsichtig an den Mördern vorbei und eilte in Richtung U-Bahnhof, weil es hier Telefonzellen gab. Er hatte das Bedürfnis die Polizei zu rufen. Doch an den Telefonzellen lief einer der Mörder mit nacktem Oberkörper herum. Das Betreten der Telefonzellen war dadurch ein absolutes Tabu. ELLESAB entschloss sich daher für eine unauffälligere Vorgehensweise um nach Hilfe zu rufen.

Vor dem U-Bahnhof befand sich außerdem ein kleiner Fahrkartenschalter. ELLESAB hätte bis dorthin einen ungefähr 50 Meter langen Weg vor sich gehabt. Damit ihn ein Sprung nicht wieder woanders hin versetzen würde, hielt er sich an dem äußeren Kabel einer Telefonzelle fest und beschloss, es aus dem Asphalt zu reißen. Dadurch würde er einen festen Halt bekommen. Also tat er es und hangelte sich am Kabel den Weg entlang. Er spürte, dass er sich damit strafbar machte und glaubte nun von der Polizei verfolgt zu werden. ELLESAB beschloss ganz schnell zu dem öffentlichen Fahrkartenschalter zu kommen, um hier der Polizei den Mord zu melden. Die Polizistin im Schalter war NEUGIER. ELLESAB erzählte ihr von den flüchtigen Verbrechern und

NEUGIER sagte, dass sich darum schon jemand kümmere. REHAUGE stellte sich jetzt auch an den Schalter und fragte ELLESAB nach Feuer, um sich eine Zigarette anzuzünden. Also gab ELLESAB ihr Feuer und bat NEUGIER eine Mentholzigarette an. Sie nahm eine, obwohl sie sonst ja nicht rauchte.

Zug 67

ELLESAB sah jetzt, wie er selbst um einen Häuserblock herum rannte und ihm jemand folgte. Er wollte sich selbst warnen, aber ihm kam keine einzige Silbe von den Lippen. Also richtete er seinen Blick auf das andere Ich.

Er befand sich im Inneren des Gebäudes inmitten eines großen Wohnzimmers. Im benachbarten Badezimmer war noch jemand. ELLESAB hatte die Vermutung, dass es sein Vater ist, er schlich zum Türrahmen und lauschte. Der Mann im Badezimmer sprach mit jemanden, den ELLESAB allerdings auch nicht erkennen konnte. Jener erzählte etwas von einer Vaterschaft. So viele Jahre hatte ELLESAB auf die Schlüsselantwort gewartet, doch jetzt bekam er Angst davor. Daher drehte er sich um, und sah, dass sein zweites Ich auf einen Swimming Pool zurannte. In jenem ertrank jemand.

ELLESAB rannte dorthin und sah, wie auch Männchen mit den Farben Gelb, Grün, Blau und Rot im Pool zu ertrinken drohten, also rettete er sie. Und es gab auch noch ein orangenes Männchen, das auf dem Sprungbrett hing und nicht hinunterkam. ELLESAB dachte darüber nach, dass man es unbedingt retten müsse, da es ja das Kind von jemandem sei und das Geschwisterteil von jemandem. Dann dachte er darüber nach, auf welche DVD er das Geschehen brennen könne.

Der Mann im Badezimmer erzählte jetzt, dass die Farbenmännchen ja seine Kinder aus erster Ehe seien.

„Komisch," dachte ELLESAB. „Ich dachte, sie würden aus einem Experiment stammen."

ELLESAB spürte daraufhin, dass das Ich im Raum mit dem vor dem Swimming Pool verschmolz. Dadurch hatte ELLESAB das Gefühl, dass jener Mann im Badezimmer mit jemandem außerhalb des Gebäudes telepathisch kommunizierte.

„Wenn MOTZENSCHAUER nicht dein Vater ist, muss doch automatisch jemand anderes dein Vater sein," dachte ELLESAB und wunderte sich, weil ja GRAVUR gar nicht die Tochter von jemand anderem ist, obwohl sie ihren Vater verloren hat. .

ELLESAB setzte sich jetzt auf eine Schaukel, die weit vom Geschehen entfernt war. Es mussten wieder ein neuer Raum und eine neue Zeit sein. Er bemerkte, wie eine große Schneeflocke auf seine Nase fiel. Er wusste nicht, warum er weinte, eigentlich müsste er doch froh sein, dass jemand anders sein Vater ist und nicht MOTZENSCHAUER. Plötzlich sah er vor seinen Augen, wie jemand in eine Zellentür Striche eingravierte.

Zug 68

ELLESAB stand jetzt ganz zentral auf einem Rummelplatz der USCHNAFFS. So viele Karussells hatte er bisher in seinem Leben nicht gesehen. Ein merkwürdiges Karussell mit einem Kilometer hohen Gerüst an dem drei lange Greifarme hingen, an denen wiederum die Gondeln befestigt waren, war kurz davor, die Fahrt zu starten. Zahlreiche USCHNAFFS saßen bereits in den Gondeln. ELLESAB konnte nicht glauben, dass sie alle so mit ihrem Leben spielten. Die Gondeln sollten schließlich in schwindelerregendem Tempo in die Höhe katapultiert und oben mithilfe der Greifarme durch die Luft gewirbelt werden. ELLESAB wollte schnell weiter gehen, er wollte nicht Zeuge eines großen Unglücks werden, bei dem gleich viele USCHNAFFS an den Folgen der Karussellfahrt sterben werden. Doch es war zu spät, die Karussellfahrt begann und der Sog der dadurch entstand, zog ELLESAB und auch alle USCHNAFFS, die sich in der Nähe des Karussells befanden, in die Höhe. ELLESAB hatte große Angst, er war kurz davor eine Panikattacke zu bekommen. Er redete sich ein, dass er keine Angst haben brauche, das alles sei nicht real. Doch es war real, er spürte es an den Armen und Beinen. Aus der Höhe wagte er einen kurzen Blick in die Tiefe. Es war eigentlich ein schöner Ausblick, eine geniale Perspektive. Die Lichter von den kleineren Karussells unten, vermittelten eine bestimmte Harmonie, doch es war so hoch. ELLESAB bereute, dass er nicht in eine Gondel eingestiegen ist, so hätte er wenigstens einen Halt gehabt, doch jetzt musste er die Fahrt ohne einen solchen überstehen. ELLESAB stellte jetzt fest, wie wenig er wirklich über die USCHNAFFS wusste. Er hatte so viele Vorurteile. Doch offenbar war er der einzige, der hier Angst hatte. Die USCHNAFFS genossen die Fahrt, sie waren alle so fröhlich und glücklich, keiner hatte Angst zu sterben. Vielleicht gab es für sie so etwas wie Angst oder Schmerz gar nicht. ELLESAB dachte kurz an Lemminge und er suchte nach einem Grund, warum diese freiwillig in den Tod gehen.

„Auch das ist wieder so eine urbane Legende," sagte jetzt einer der freischwebenden USCHNAFFS zu ELLESAB, der offenbar dessen Gedanken gelesen hatte. „Sie sind lediglich auf der Suche nach neuen Lebensräumen, keiner bringt sich freiwillig um. Auch von uns bringt sich keiner freiwillig um, es geht lediglich um neue Lebenserfahrungen, die mit der integrierten Zeit zusammenhängen."

ELLESAB verstand nicht, was der USCHNAFF ihm sagen wollte, seine Angst hier oben war aber auch zu groß, um nachzufragen oder gar mit ihm eine Diskussion anzufangen. Also schwieg er und hoffte, dass die Fahrt bald vorbei sein würde.

Das Karussell drosselte das Tempo und der Sog wurde schwächer.

„Oh nein, jetzt werde ich gleich abstürzen und sterben," dachte ELLESAB.

Etwas, dass ELLESAB nicht sehen konnte, setzte sich jetzt auf seine Schultern. Es war ein wohlig warmes Gefühl, doch es machte seinen Körper schwerer, so dass dieser jetzt in die Tiefe fiel.

„Das sind jetzt die letzten Sekunden deines Lebens, niemand kann vorher erahnen, wie es sein wird, wenn man stirbt, wie es sich tatsächlich anfühlt. Das erfährst du erst in den letzten Sekunden." Während ELLESAB fiel, wurde es um seine Augen immer schwärzer. Dann war es dunkel. Den Aufprall auf den Boden hatte er nicht mitbekommen. Er lag jetzt irgendwo auf einem weichen Untergrund. Alles was ELLESAB sehen konnte, waren Bilder in seinen Gedankenkanälen. In ihnen sah er, wie eine Hand einen Lichtschalter betätigte und das Licht anknipste. ELLESAB lag in seinem Bett und das Licht das er jetzt sah, kam von der SONNE, die durch das Fenster seiner Wohnung schimmerte.

Er musste jetzt über die integrierte Zeit nachdenken, sie könnte der Schlüssel dazu sein, Raum und Zeit zu verstehen. ELLESAB stand jetzt schnell auf, ging zum Schreibtisch und machte sich eine kleine Notiz auf einem Zettel.

[Fliege/Fliege/Fliege/...]
ELLESAB

[ELLESAB/ELLESAB/ELLESAB/...]
SCHÖPFER

Das Buch komprimiert das Leben auf das Wesentliche. Ein Augenaufschlag meines Schöpfers ist ein Leben von mir.

Noch verstand ELLESAB nicht die wahre Bedeutung der integrierten Zeit. Vielleicht hätte er T'AMI fragen sollen, der das Problem schon längst gelöst hatte.

Zug 69

„Doch während sich die Brücke zurückzog,

wurd einer der Brüder blind.“

Die KINDERFRAU legte das Buch jetzt beiseite.

„Langweilig, langweilig, langweilig,“ schrie jetzt das freche Kind. *„Ich will diese Scheiße nicht mehr hören. Ich kann das nicht mehr hören, das ist zum Kotzen langweilig.“*

„Was möchtest du denn hören?“ fragte die KINDERFRAU.

„Na die Geschichte von der behinderten Spinne,“ grinste das freche Kind und riss einer kleinen Spinne, die ahnungslos auf einer Kommode vorbeikam, ein Bein aus.

Zug 70

ELLESAB ging eine Straße entlang und traf hier auf REHAUGE.

„Dann kann auch die Paarkonstellation WACHTEL und CONNYGEBURTSTAGS-FRAU nicht weit sein,“ dachte ELLESAB sich. Er kam jetzt an einem Sandsteinhaus vorbei, tastete sich an der Fassade entlang und bemerkte, dass sich hinter ihr ein Hohlraum befand. Also stieß er sanft mit seiner Faust durch den Sandstein. Dahinter befand sich ein Klassenzimmer. ELLESAB kroch in dieses hinein und setzte sich an einen Tisch. Die Unterrichtsstunde wurde von der RAPPENDEN ERDKUNDE-LEHRERIN moderiert. Auf den Tischen lagen kleine Törtchen, die man essen durfte und jener Geschmack erinnerte ELLESAB an Süßigkeiten. Irgendwo hatte er diese schon einmal gegessen. Die RAPPENDE ERDKUNDELEHRERIN fragte die Schüler, wo man Flugkissen findet. Da jedoch niemand antwortete, beschloss sie Fragen durch die Reihe zu stellen. *„Wenn du gelbe Bilder malst, wie viele Knallfrösche kaufst du an Silvester?“* war die erste direkte Frage.

Die erste Schülerin antwortete, dass sie keine Lust habe, die Antwort zu geben, also fragte die RAPPENDE ERDKUNDELEHRERIN die nächste Schülerin, was man machen kann, wenn nicht nur ein Auge, sondern beide nass werden. ELLESAB war zu diesem Zeitpunkt sehr aufgeregt und hoffte, dass er eine Frage bekommen würde, die er beantworten könne, weil er spürte, dass er der nächste sein wird, der an der Reihe ist. Und so kam es. Die RAPPENDE ERDKUNDELEHRERIN zeigte ihm den Bildausschnitt einer Zeitung und fragte, wo man so etwas bekomme. ELLESAB wurde nervös, weil ihm viele Antworten einfielen, er aber spürte, dass er nur eine geben dürfe und zwar zähle hier auch nur eine seiner Antworten und ELLESAB wusste nicht welche. In Gedanken spielte er die Möglichkeiten durch.

„Zeitungen bekommt man an einem Kiosk, in einem Lottogeschäft, in einem Zeitschriftenladen, bei dem Zeitungsverlag." ELLESABs weltliches Wissen verriet ihm noch andere obskure Möglichkeiten, die er verstand, aber von denen er vergessen hatte, dass er sie verstand.

Er spürte, dass das Augenmerk auf ihn gerichtet war und er hatte nur noch wenige Augenblicke Zeit, bis er die Antwort geben müsse.

Zug 71

T'AMI widmete sich jetzt dem Konjunktiv Präteritum. Er wusste, dass jener dabei helfen würde die integrierte Zeit zu verstehen. Das Verstehen des Zeitlichen im Räumlichen war schließlich nicht das Problem, sondern das Verstehen des Räumlichen im Zeitlichen. Beide Komponenten standen in der umgekehrten Symmetrie im Widerspruch zueinander. T'AMI grübelte und grübelte. Seine Augen fixierten auf einmal die Glasvitrine in seinem Kinderzimmer.

Zug 72

Vor dem See spürte er, wie ihm etwas eine sehr schmerzvolle, aber auch angenehme Verletzung zufügte. ELLESAB wurde von einem gläsernen Pfeil getroffen. Er spürte jetzt plötzlich eine Verwandlung und flog als ein Schwan in die Lüfte. 201 Züge später, brachte ihn ein Sprung vor eine gläserne Pyramide. T'AMI saß ganz oben auf der höchsten Stufe und winkte seinem Geliebten zu.

„Ich habe herausgefunden, dass wir wirklich Brüder sind," rief er und ELLESAB wunderte sich, weil es jenem offenbar jetzt nichts mehr ausmachte.

„Dann ist ja alles wieder in Ordnung," dachte ELLESAB und versuchte die Treppenstufen hinaufzusteigen.

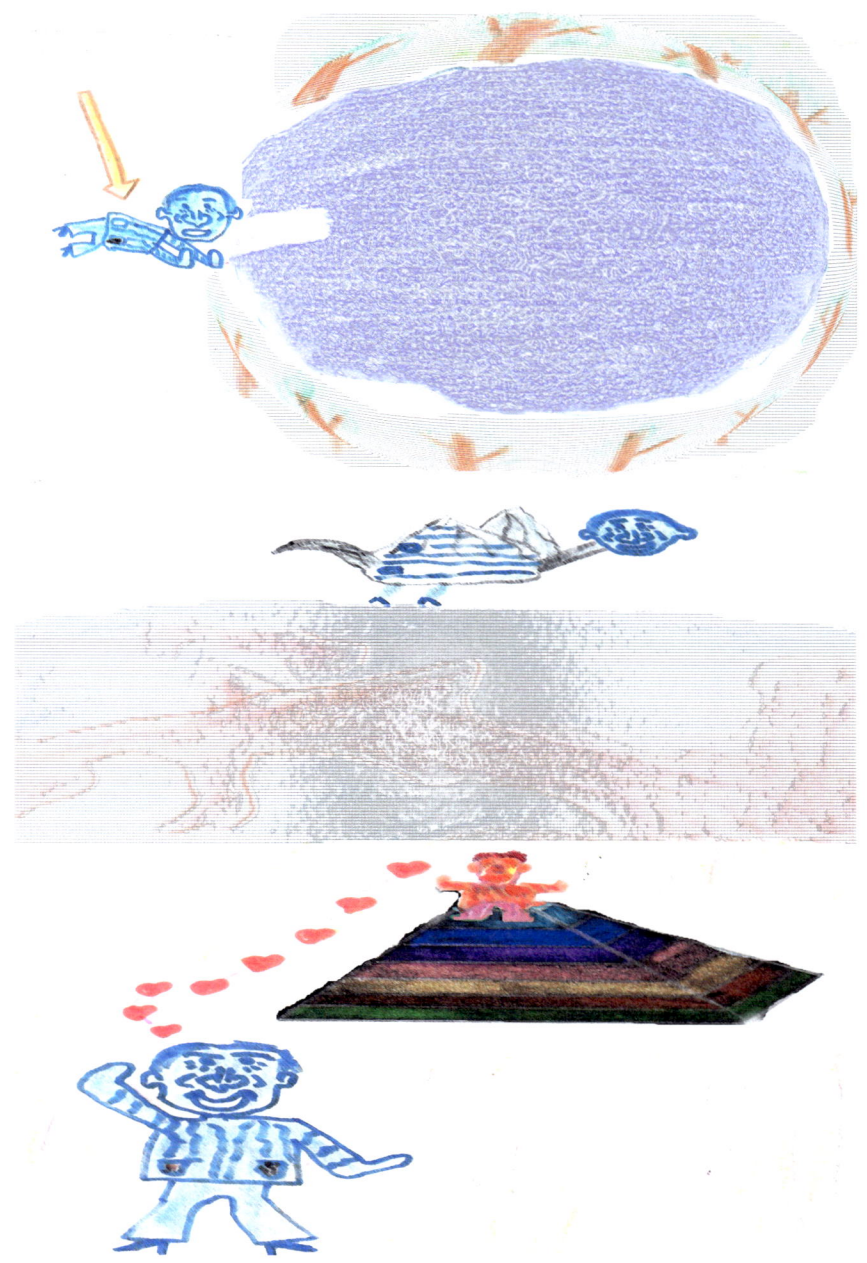

Zug 73

ELLESAB befand sich an einem Ort, wo er noch nicht war. Es war wieder eine merkwürdige Plattenbausiedlung. Heute wollte er sich mit TEUFEL treffen, der nun hierhin gezogen war. TEUFEL öffnete die Tür. Er hatte sich zu einem Mischwesen umoperieren lassen und ELLESAB bemerkte, dass jener, der vom Verhalten her, TEUFEL sein musste, vom Aussehen her ein anderer war. ELLESAB dachte nur, dass eine Operation zu TEUFEL passen würde, jener eben mit jeder Modewelle mitschwimmen würde. ELLESAB stellte auch fest, dass TEUFEL sich unterhalb der Augen eine gelbe Farbe in die Haut spritzen lassen hat, was ihm ein frischeres Aussehen, aber auch ein femnineres Aussehen verschaffte. ELLESAB wusste, dass es solche Methoden gab und war nur wieder seiner Meinung bestätigt, dass TEUFEL immer alles versucht mit dem Strom mitzuschwimmen.

TEUFEL führte jetzt ELLESAB in das Innere der Siedlung. Beide kamen jetzt in den benachbarten, ein paar Stockwerke tiefer gelegenen Buchladen. Hier warteten HAGZISSA und MITRENNER auf die beiden. ELLESAB dachte daran, dass die beiden über das neue Aussehen von TEUFEL doch schockiert sein müssten und ELLESAB war sehr aufgeregt. Darum beschloss er, sich das Geschehen von außen anzuschauen. Er stellte sich also neben ein Buchregal und beobachtete das Aufeinandertreffen zwischen MITRENNER und TEUFEL. HAGZISSA stand zu dieser Zeit noch an einem anderen Regal und schmökerte in einem Buch.

„Dieses Buch muss man ganz oft lesen, um es zu verstehen," dachte sie.

ELLESAB sah jetzt, dass MITRENNER nur mit einem Scherz auf TEUFELs Aussehen reagierte, er aber eigentlich nicht sonderlich überrascht war. ELLESAB wunderte sich und fragte sich, woran jener TEUFEL überhaupt erkannt hatte.

Zug 74

ELLESAB machte einen Sprung und schwebte in einer unbekannten Raumdimension, die eine Lehrwerkstatt für Formen der fünften Dimension war.

Hier bekam ELLESAB mitgeteilt, dass der Verschiebung eines Körpers in dem kurvigen Koordinatensystem eine wichtige Bedeutung zukomme.

Die Krümmung des Raumes erkenne man, wenn man den Körper durchsichtig mache und ihn im kurvigen Koordinatensystem hin und her bewege. Auf Papier funktioniere es in der Veranschaulichung auch, wenn man den weißen Bereich zwischen den Linien ausschneide und die Optik des Menschen täusche.

Zug 75

ELLESAB spazierte durch einen herrlichen Schlossgarten. Alles war bunt und überstückt von ideellen Reichtümern. Selbst für jeden des Personals hatte der König eigenes Personal eingestellt und für jenes Personal gab es wieder eigenes Personal. ELLESAB dachte, dass alles ja eine unendliche Kette sei. Jeder hatte hier eine andere Funktion und jeder Beruf war mit viel Spaß und Freude erfüllt. Sein Begleiter T'AMI zeigte ELLESAB alles und beide wurden von OMA WEISHEIT in einer rosa Kutsche durch die Gegend gefahren. ELLESAB spürte, dass sich hier alles anders verhält. Jeder übernimmt gerade den Job, der ihm auf seinem Weg begleitet, arbeitet für ihn dann eine kurze Zeit und wird dann selbst ein Stückchen auf seinem Weg weitergebracht.

Zug 76

Ein Sprung brachte ELLESAB in ein ihm unbekanntes Haus. Hier hatte er eine Meinungsverschiedenheit mit ROTATIONSKURVE, weil sie ihn fragte, ob er wieder in der Fabrik war. ELLESAB war wütend über diese Frage und antwortete, dass es sie nichts angehe, ob er in der Fabrik gewesen ist oder nicht. Selbst wenn er dort gewesen ist, würde es ja seine Sache sein.

„Ich frag ja nur, weil du es jetzt ja nicht mehr nötig hast, dorthin zu gehen," sagte ROTATIONSKURVE.

ELLESAB war darüber sehr verärgert und beschloss kurzer Hand in die weite Welt hinauszuziehen, um demonstrativ Ideen für einen Zeichentrickfilm zu sammeln. Also zog er los. Er wich aber vom Weg ab und kehrte in eine andere Richtung. In seinen Händen hielt er zwei Klatschruten, mit denen er stolz immer wieder auf den Bürgersteig klopfte.

Zug 77

„Irgendwo in einem fernen Land lebte einmal unter einem Regenbogen eine kleine Schachbrettguldmorgon. Die Guldmorgon hatte sich hier eine kleine Höhle gebaut und an jedem Morgen, wenn die ersten Sonnenstrahlen ihr Heim durchfluteten, stapste die kleine Guldmorgon nach draußen und ließ alle Farben des Regenbogens auf ihr schwarz-weißes Schachbrettfell schimmern. Die kleine Schachbrettguldmorgon genoss dieses Spiel. Hier, wo sie wohnte, fühlte sie sich sehr wohl. Manchmal besuchten sie ihre Freunde, mit denen sie dann viele schöne Stunden verlebte. Zu ihren Freunden gehörte der weiße Turm. Er war sehr klug, weil er schon viel in der Welt herumgekommen war. Er sprach alle Sprachen und er konnte von Dingen erzählen, von denen hierzulande noch nie jemand gehört hatte. Ja, die kleine Guldmorgon konnte eine Menge von ihm lernen...".

Zug 78

ELLESAB befand sich an einer riesigen Kirche, wo alle Menschen drum herum versammelt waren, die ihm je begegnet sind. Die Kirche war größer als das größte Gebäude, das er je gesehen hatte und sie war auf einem höheren Berg als jeder, den ELLESAB je gesehen hatte. ELLESAB wühlte sich durch die Menschenmassen in Richtung Eingang und sah in das Innere der Kirche. Hier fand etwas statt, das vom Bühnenbild an eine Trauerzeremonie erinnerte, aber es war keine und ELLESAB kannte die Emotion, die er jetzt hatte noch gar nicht, es war weder Trauer noch Freude, aber ein Gefühl, das ihm etwas positives verspüren ließ. Vielleicht war es auch eine Wiedergeburtszeremonie, so genau konnte ELLESAB es nicht einordnen, aber im Inneren der Kirche wurde jene Zeremonie fünf Menschen gewidmet, deren Gesichter ELLESAB kannte, aber deren Namen er vergessen hatte.

Mit dieser neuen Emotion im Bauch steckte ELLESAB sich eine Zigarette in den Mund. Er hatte aber zu diesem Zeitpunkt vergessen, ob er weiß, ob man hier rauchen dürfe. Er wusste zwar, dass man es hier entweder dürfe oder nicht oder keines von beidem, aber er hatte vergessen, ob er es wisse, ob man hier rauchen dürfe oder nicht oder keines von beidem und das brachte ihn zum grübeln. Er hatte zwar das Gefühl, das er die Antwort, ob man hier rauchen dürfe wisse, aber nicht das Gefühl, dass er das Wissen darüber hätte. Obwohl er aber das Wissen hatte, das dies unlogisch mit einem menschlichen Verstand ist, hatte er das Gefühl, dass es hier, wo er war, dennoch logisch war. Hier war es logisch das bestimmte Gefühl über eine Antwort zu haben über die man sich hundert Prozent sicher sein könnte und gleichzeitig darüber, dass man die Antwort wisse und dass es trotzdem gleichzeitig auch logisch war, dass man sich hier sich nicht sicher sein konnte, ob man auch das Wissen über die Antwort habe.

Also schwebte ELLESAB gleichzeitig durch die Menschenmassen und über die Menschenmassen den Berg hinunter. Der Drang seine Zigarette anzuzünden, war so stark, dass ELLESAB das Gefühl hatte, er würde irgendwie gelenkt, ohne dass er etwas dagegen hätte tun können. Plötzlich merkte er, wie seine Finger gesteuert wurden, während er in Richtung Bergfuß schwebte. Mit Betätigen des Feuerzeugs implodierte auf einmal die Kirche und ELLESAB schaute auf die Katastrophe, die ihn weder zum Lachen noch zum Weinen, sondern zu einer ihm neuen und unbekannten, aber hier an diesem Ort bekannten Emotion brachte. Er schwebte jetzt zurück, um nachzusehen, wer von all den Menschen, die ihm begegnet waren, Opfer der Katastrophe waren oder wer überlebt hatte. Ein Gefühl sagte ihm, dass jene Menschen, die weiter von der Kirche entfernt waren, überlebt haben mussten und alle anderen, die in der Nähe der Kirche standen, tot sein mussten.

Zug 79

Ein Sprung brachte ihn in eine noble Gegend. Hier warteten auf einer Straße vor einem Luxushotel welche der ANDEREN SCHWULEN ZWILLINGE auf Einlass. ELLESAB traf auf ein Zwillingspaar, das ihn zum Küssen einlud. Er war sehr überrascht, dass die beiden ihn wollten und er konnte es kaum abwarten, das Angebot der beiden gutaussehenden und sympathischen Männer anzunehmen. Er liebte ihren Akzent und näherte sich den Lippen von einem der beiden. Dann küsste er den Mund eines Zwillings und er fühlte sich gut dabei.

Zug 80

Der Glückskranich bekam heute seinen Doktortitel verliehen. Er war bereits der bekannteste Kraniologe der Welt. Er hatte die Schädel von USCHNAFFS erforscht und erkannt, dass das Glück, der Frieden und die Liebe im Kopf von USCHNAFFS entstehen.

Zug 81

ELLESAB wartete ab, ob gleich irgendetwas geschehen würde. Plötzlich schloss sich das Tor wie von Geisterhand und das bewegte ELLESAB weiter zu gehen. Hinter der Mauer befand sich ein Fluss über dem sich eine Brücke befand, die zu einer Krone führte. Die Krone glänzte in goldener Pracht und ELLESAB wollte jemandem davon erzählen. Doch niemand war hier. ELLESAB dachte an seinen Zwillingsbruder KASTOR und was jener wohl gerade tue. Eine Stimme sagte jetzt, dass jener auch über eine Brücke geht, die zu einer Krone führt.

„Dann ist ja alles gut," dachte ELLESAB, weil er nicht wusste, dass Kastor längst zu einem Karieswesen geworden war.

Zug 82

ELLESAB marschierte durch eine Landschaft und schaute gen HIMMEL. Die Abgase eines Flugzeugs hatten das Bild einer Schere in die Wolken gemalt und ELLESAB überlegte kurz, ob er jenes Stück aus dem HIMMEL hinausschneiden solle.

Er befand sich jetzt im Citykern seines Heimatdorfes, doch trotzdem war hier alles so anders. An jener Straßenkrümmung, wo einst ein leerer Platz ein Fotogeschäft mit einer Eisdiele verband, die doch ein Schuhgeschäft war, stand jetzt ein Haus im viktorianischem Stil, durch das man mithilfe des Sinnesorganes, das die Raumkrümmung wahrnimmt, auch eine Straße erkennen konnte. Auf der Straße fuhr ein Kleinwagen und ELLESAB erkannte in ihm die WACHTEL. ELLESAB überlegte kurz, ob er sie anhalten solle und sie fragen solle, ob sie ihn ein Stück auf seinem Weg mitnehme, doch da beide wiederum doch nicht so gut miteinander bekannt waren, ließ er es bleiben.

Zug 83

„Die Frage >Ist es nicht eigenartig?< hört sich schon eigenartig an," erzählte
MITRENNER. *„Und doch erinnert sie mich an jenen Mann, der eines Tages von einer
langen Reise nach Hause kam und die Dinge anders vorfand. Bitter schmeckte jetzt süß
und salzig war scharf. Alles Blaue war orange, die Zahl Null war der Buchstabe O und
wenn der Mann wütend war, weinte er nicht nur, nein, dann hatte der Februar 30 Tage.
Der Mann dachte daran, was gewesen wäre, wenn er nach Hause gekommen wäre und
salzig für ihn ein neuer Geschmack gewesen wäre. Ein solcher, den er bis dahin noch
nicht gekannt hatte. Er dachte daran, was gewesen wäre, wenn gerade dort, wo kein
Licht war, Blumen wachsen würden. Dann, ja dann wäre es schon eigenartig."*
„Eigenartig ist es auch sich zu verlieben, vielleicht ist es das Eigenartigste schlechthin,"
mischte sich jetzt HAGZISSA ein.

Zug 84

ELLESAB befand sich auf einem hohen schneebedeckten Berg. Von hier aus wurde
eine neue Sportart ausgetestet. Skispringer sprangen hier an Bungee-Seilen den Berg
hinab. Jeder war mit einer dicken Schutzkleidung ausgestattet. Das neue an der Sportart
war, dass die Seile bis an den Boden reichten. Ziel jedes Springers war es, sein
Körpergewicht so zu verlagern, dass er nach jedem Sprung mit dem Aufprall auf dem
Boden so lange wie möglich am Boden bleibt, bevor ihn das Bungee-Seil wieder in die
Höhe reißt. Dabei wurde der Bodenkontakt bis aufs sekundengenauste mit vielen Stellen
nach dem Komma gemessen. Die Uhr dafür war ein besonders ausgetüfteltes System.
Aus den Zeitmessungen ergaben sich die Punkte. Je höher die Zeit der
Bodenständigkeit umso mehr Punkte gab es. Jeder hatte insgesamt fünf Sprünge und
aus allen wurde schließlich die endgültige Punktzahl addiert. Nachdem zwei Springer
ELLESAB die Sportart bereits vorgeführt hatten, sollte ELLESAB an der Reihe sein,
doch er weigerte sich, weil er Angst hatte, ihm könne trotz Schutzkleidung etwas beim
Aufprall passieren. Daher wartete er noch und ließ einen anderen Springer vor. Jene Zeit
wollte er nutzen, um sich genau zu überlegen, ob er auch springen würde.

Zug 85

ELLESAB beobachtete aus der Ferne eine Zeichentrickhexe und schaute in ein Klassenzimmer, in dem diese jetzt mit ihrem Besen hineinflog. Hier hatte jene eine Unterhaltung mit der RAPPENDEN ERDKUNDELEHRERIN.

„Ich gebe dir eine Eins," sagte diese. *„Eigentlich würde ich dir keine Eins geben, weil ich dich für dumm halte."*

Zug 86

ELLESAB befand sich jetzt in einem ihm unbekannten Raum, in dem er mit MISS SCHUGGE telefonierte. Beide verabredeten sich und ELLESAB beschloss zu ihm zu fahren, doch alle Versuche zu ihm zu kommen misslangen. Zum einen verhinderten Zugverbindungen die Ankunft, weil sie ihn immer wieder an einen anderen Ort brachten, zum anderen verhinderte ELLESABs Gefühl das Treffen. Sein Bauchgefühl verriet ihm, dass er eigentlich gar nicht mehr zu MISS SCHUGGE wolle.

Zug 87

ELLESAB war jetzt ganz durcheinander. Was war noch mal passiert? Der TEUFEL hatte ihm die Feldbeschreibung geraubt, ihn auf sein Schachbrett gesetzt und alle Funktionen der Felder durcheinander gebracht. Jetzt musste er zusehen, wie er aus diesem Schlamassel wieder herauskommt. ELLESAB stand nun inmitten von einem der 64 Felder. Er hatte keine Ahnung, auf welchem und wie lange es dauern würde, bis er hier wieder herauskomme. Alles war ein Labyrinth aus Ortschaften, ihm begegnenden Personen und Handlungen, deren fünfdimensionale Puzzleteile dermaßen verstreut waren, dass es nahezu unmöglich erschien hier wieder herauszukommen. Aber ELLESAB wollte nicht aufgeben, schon aus dem Grunde nicht, weil dann MISS SCHUGGE gewonnen hätte.

„Mein Ziel ist T'AMI und das gebe ich für kein Geld der Welt auf," dachte er.

ELLESAB sah jetzt in der Ferne CONNYGEBURTSTAGSFRAU, die einen Wacholderstrauch auf ein Grab pflanzte.

„*Das könnte doch die Grube von SCHLECHTER RUF sein,*" überlegte ELLESAB und rannte in jene Richtung. Da er aber ein Springer war, ließ ihn jemand einen Sprung machen, der ihn in eine andere Gegend und in eine andere Zeit versetzte.

Zug 88

ELLESAB befand sich in einer rosafarbenen Wohnung einer Plattenbausiedlung. Irgendwie hatte er das Gefühl, er müsse ein Stockwerk hinunterschweben. Also tat er es und schwebte genau in die Wohnung, die sich unter der rosafarbenen Wohnung befand. In jenem Raum stand ein Bett mit einer Matratze. ELLESAB schwebte also dahin und zog die Matratze ab. Durch das Lattenrost des Bettes konnte ELLESAB eine Öffnung erkennen, durch die man wieder die darüber gelegene Wohnung und eine Etage höher gelangen konnte. Obwohl das Bett auf dem Fußboden stand, ELLESAB eigentlich hätte nach unten schauen müssen, konnte er durch das Rost nach oben schauen.

„*Das ist nicht merkwürdig, nein, es ist noch nicht einmal eigenartig,*" sagte irgendwo anders HAGZISSA. „*Wenn du das Eigenartigste begreifst, wirst du alles andere nicht mehr als eigenartig begreifen.*"

Da ELLESAB an dem Ort, wo HAGZISSA jetzt war, nicht mehr sein konnte, konnte er auch nicht hören was sie sagte. Warum war er eigentlich jetzt nicht bei HAGZISSA? Na ja, das muss ich Euch erklären, es hängt damit zusammen, dass T'AMI heute wieder fernsehen wollte. Also. T'AMI wollte heute wieder fernsehen. Er hatte von einem...

Zug 89

In seinem Zimmer ging er jetzt in Richtung Dachluke. Hier war jedoch keine Luke mehr, sondern ein kleiner Balkon, von dem man nach draußen schauen konnte. Dort, wo sonst immer der Eingang des Hauses war, war jetzt ein Garten. Es war mitten in der Nacht und ELLESAB sah, wie hier einige seiner Familienangehörigen ein Fest feierten und fröhlicher Stimmung waren. Es waren OMA WEISHEIT, die BESSERE HäLFTE, der SCHLECHTE RUF, die KRäUTERHEXE und KASTOR.

ELLESAB dachte sich, dass jetzt ja alles in Ordnung sei, sogar die Verstorbenen waren wieder da und waren fröhlich. Also ging er in seinem Zimmer wieder zurück und traf plötzlich auf T'AMI.

ELLESAB sagte jenem, dass dieser wohl triftige Gründe haben müsse, seine Freundschaft abzulehnen. Weil T'AMI ihm keine Antwort gab, verließ ELLESAB das Zimmer wieder.

Zug 90

„Ich weiß nicht mehr weiter," sagte die KINDERFRAU zur WACHTEL, holte aus ihrer Handtasche eine Zwiebel und ein Messer und schälte die Zwiebel.

„Schämst du dich jetzt deiner Tränen?" fragte die WACHTEL. *„Du versteckst deine Tränen, indem du vortäuschst eine Zwiebel zu schälen."*

Irgendwie kam das WACHTEL bekannt vor, sie wusste nicht mehr, welche von den vielen ihr bekannten Personen sich auch ihrer Tränen schämt, aber sie wusste, dass diese sehr sympathisch war. Vielleicht war ihr auch deshalb die KINDERFRAU sympathisch. Eigentlich gab WACHTEL ungern Rat, aber für besondere Menschen tat sie es. Also empfahl sie der KINDERFRAU das nächste Mal ein mehr oder weniger pädagogisch wertvolles Buch zu benutzen.

„Ich hau dir in deine bescheuerte Hackfresse, hat er gesagt," erzählte die KINDERFRAU. Die WACHTEL lachte jetzt.

„Warum lachst du?" fragte die KINDERFRAU.

„Weil ich jetzt weiß, wie ich dir helfen kann," grinste die WACHTEL. *„Doch zuvor gehen wir einkaufen."*

Zug 91

Ein Sprung brachte ELLESAB in die Höhe. Von oben konnte er eine Frau sehen, die auf das Dach eines Hochhauses schwebte. Eine andere Frau schoss auf diese zu, pralle auf sie drauf, so dass die Frau hinabstürzte.

ELLESABs Blick der Betrachtung änderte sich. Er sah jetzt, wie in einer Einfamilienhäusersiedlung, vor einem Gartenzaun, Rettungswagen standen. Die Frau stürzte jetzt auf die Siedlung zu. Mittlerweile hatte sie eine Leiter um ihren Körper gebunden und ein Mann griff schnell nach der Leiter, drehte sie um, so dass die Frau sanft zu Boden fiel.

ELLESAB sah jetzt, dass eine Nachbarin der Frau, die zu dem TRUPP NEUER NACHBARN gehörte, aus ihrem Garten kam und die vor dem Zaun liegende Zeitung holte. Sie blickte kurz auf das Geschehen in der Siedlung, ging jedoch dann wieder zurück in ihren Garten.

ELLESAB hatte das Gefühl, dass diese Frau eine Zeugin sei, die zur Aufklärung des mysteriösen Vorfalls beitragen könnte.

Die Bildeinstellung änderte sich und ELLESAB war jetzt im Geschehen eingebunden. Er saß auf einer Mauer und vor ihm befanden sich kleine Origamifiguren. Es waren überwiegend kleine Nashörner, die einen Schildkrötenpanzer übergezogen hatten. Diese sprachen zu ELLESAB in einer ihm unbekannten Sprache. ELLESAB überlegte kurz, ob es die Weltsprache sei. Neben ihm befanden sich auf der linken Seite KATZENGEJAMMER und ein Hund, den ELLESAB nicht kannte und auf der rechten Seite sein KUSCHELTIER. Die Tiere brüllten, weil sie die Sprache der Origamigebilde nicht ertragen konnten. Der Hund, neben KATZENGEJAMMER sagte etwas zu ELLESAB. ELLESAB antwortete. Jetzt wurde das KUSCHELTIER sauer auf ELLESAB, weil dieser sich mit dem Hund unterhielt. Das KUSCHELTIER zündete sich eine Zigarette an und ELLESAB wollte sie ihm aus der Pfote reißen. Doch da wurde das KUSCHELTIER aggressiv und wollte ELLESAB die Zigarette auf dem Bauch ausdrücken. ELLESAB versuchte sich zu wehren, doch es gelang ihm nicht. Das KUSCHELTIER drückte die Zigarette auf ELLESABs Bauchnabel aus. ELLESAB merkte, dass ihm das gar nicht weh tat, täuschte aber Schmerzen vor, weil er dachte, dass das KUSCHELTIER begreifen müsse, dass man so etwas nicht tun darf. Er rannte während er schrie auf Toilette und dachte hier darüber nach, dass alles ziemlich spannend ist, spannender als jeder Krimi, den ELLESAB je gesehen hatte.

„Tiere sprechen hier die menschliche Sprache, Origamigebilde die weltliche," dachte ELLESAB. „Das KUSCHELTIER zeigt Emotionen, kann sie aber nicht richtig verarbeiten, da es das nicht gelernt hat und alles hängt mit diesem mysteriösen Sturz der Frau zusammen. Vielleicht ist alles ein besonders ausgetüfteltes Puzzlespiel, ein besonders ausgetüfteltes Rätsel?"

Zug 92

„*Was war denn passiert?*" fragte die ROTATIONSKURVE und legte die Schaufel beiseite.

„*MISS SCHUGGE hat den TEUFEL auf mich gehetzt, der das gesamte Buch durcheinander brachte, nur weil jener verhindern wollte, dass ich mit T'AMI glücklich werde,*" erzählte ELLESAB.

„*Da hast du aber Glück gehabt, dass deine Freunde mir den entscheidenden Hinweis gegeben haben, ohne sie hätte ich dich nie gefunden,*" sagte die ROTATIONSKURVE.

„*Und was wird jetzt aus dem Buch?*" fragte ELLESAB, während er die Erde abklopfte.

„*Mach dir mal darum keine*

Gedanken," beruhigte die ROTATIONSKURVE ihn. „*Ich lege die Fetzen in mein kurviges Koordinatensystem und füge es wieder zusammen. Du sieh lieber zu, dass du zu T'AMI kommst.*"

Zug 93

...Buch gehört, das man ganz oft lesen muss, um es zu verstehen. Also nahm T'AMI sein Fernglas und schaute auf eine merkwürdige Plattenbausiedlung.

Er wollte auf jenes Buch hinanzoomen, doch es gelang ihm nicht. Irgendetwas machte er heute verkehrt. Die Schrift war jetzt kleiner als größer. T'AMI wollte sich schließlich persönlich auf den Weg zu jener Plattenbausiedlung machen. Er stieg also in den Fahrstuhl und fuhr in die Siedlung. Doch in jenem Stockwerk angekommen, zog ihn TEUFEL noch ein Stockwerk tiefer. TEUFEL sagte zu T'AMI, dass das Buch eh langweilig sei, er aber für T'AMI noch etwas viel besseres habe. T'AMI ging also mit TEUFEL und kam jetzt in ein Spiegelkabinett. Hier zeigte TEUFEL ihm Bilder von ELLESAB in schwarzer, brauner, grauer und gelber Farbe. T'AMI war schockiert.

„Das sind nicht die Bilder, die ich von ELLESAB habe," protestierte er und verließ TEUFEL.

Zug 94

ELLESAB kam aus dem unterirdischen Labyrinth nicht heraus. Was er auch tat, er konnte einen Verfolger T'AMI nicht abhängen. T'AMI spielte irgendein Spiel mit ELLESAB. ELLESAB wusste nicht, was es zu bedeuten hatte. Mal war er ganz freundlich zu ihm und wenn sich ELLESAB ihm annäherte wurde er wieder unverschämt. Nach einer Weile entdeckte ELLESAB den Ausgang aus dem Gewölbe, der gleichzeitig auch der Eingang zum Haus war. Hier kam es abermals zu einer Begegnung der beiden. ELLESAB schaute auf T'AMI. Dieser war jetzt größer geworden. T'AMI war jetzt über 1.90 m und hatte viel breitere Schultern. Vor dem Treppengeländer schauten sich beide an. Sie waren kurz davor sich zu umarmen. Doch ELLESAB hatte die Befürchtung, dass er T'AMI nicht mehr gefalle, weil er selbst so klein war. Er rannte daher die Treppen hinauf bis zur Dachkammer. Hier befand sich ROTATIONSKURVE.

„Du solltest die Finger von T'AMI lassen," sagte sie.

ELLESAB wurde darüber wütend.

„Immer wieder schaffst du es, meine Psyche durcheinander zu bringen," schrie ELLESAB und drohte ihr, wie ein kleiner trotziger Junge, er könne dann ja auch vom Turm springen.

Etwas später befand sich ELLESAB am Strand. Er rannte auf einen riesigen hochhausgroßen Rettungsturm zu. Er überlegte, ob ROTATIONSKURVE ihn bei seinem vorgetäuschten Selbstmordversuch aufhalten wird. Am Rettungsturm stieg ELLESAB in einen Fahrstuhl und fuhr nach ganz oben. Auf der rechten Seite des Turms war ein Karussell angebracht, dass ELLESAB an ein großes Rad erinnerte, das aus den Materialien einer Wackelbrücke zusammengebaut war. Nach ein paar Karussellrunden stieg ELLESAB wieder aus und ging auf die linke Seite des Turmes. Hier befand sich hinter einem Türrahmen MISS SCHUGGE, der ihn offenbar nicht so richtig erkannte. Jener erzählte ELLESAB, dass er vieles vergessen habe und er, seitdem er wieder aus dem Koma erwacht ist, unter Sprachstörungen leide. Jetzt würde er immer in Gesprächen seltsame S-Laute benutzen.

Zug 95

Im Hausflur hatte ELLESAB das Gefühl, dass er ein Blind Date habe, aber er hatte auch Angst, dass eine Drückerkolonne hinter ihm her sein könnte. An der ersten Wohnungstür im Erdgeschoss öffnete jetzt ein Mann mit einem schwarzen Zopf und ließ ELLESAB zu sich hinein. ELLESAB ging in die Wohnung.

„Hast du auch ein Gruppenfoto von dir?" fragte der Mann und ELLESAB wunderte sich über die Frage.

„Hatte ich mit dir telefoniert?" fragte ELLESAB.

„Ja, klar," antwortete der Mann.

Auf einem Fensterbrett in der Wohnung lagen ein paar Zeichnungen herum. ELLESAB schaute sich diese an und er stellte fest, dass die Zeichnungen mit einem Stift gemalt worden sein müssen, der als Tinte eine sich spiegelnde Substanz hatte.

ELLESAB ging ins Nachbarzimmer, wo sich ein Filmstudio befand. Hier bemerkte er, dass sich noch sein KUSCHELTIER auf seinem Arm befand. Die Wände des Filmstudios bestanden aus einer merkwürdigen Substanz, die sich permanent veränderte. Manchmal verwandelte sie sich in Glas und ELLESAB konnte dann nach draußen schauen. Dort stand mitten auf der Straße ein langer Zug, der offenbar irgendwo entgleist sein musste. ELLESAB erschrak und er spürte eine Katastrophe. Er rannte aus dem Filmstudio, an dem Mann vorbei, aus der Wohnung und aus dem Haus heraus. An der Unglücksstelle angekommen, befragte er einen Rettungsassistenten. Dieser sagte ihm, dass der Zug auf jeden Fall noch explodieren werde. ELLESAB wunderte sich über die Worte und er fragte sich, warum die Unglückshelfer, dann noch hier seien, wenn sie gegen die bevorstehende Explosion doch nichts tun können. ELLESAB wollte wenigstens sich und das KUSCHELTIER retten, also rannte er die Straße in entgegengesetzter Richtung hinauf. Auf der Straße fuhren jetzt mit lauten Hupgeräuschen zahllose Wagen entlang, die sich offenbar auch vor der Explosion retten wollten. ELLESAB machte Anhalterzeichen, in der Hoffnung, dass man ihn und das KUSCHELTIER mitnehmen würde, doch keiner der Autofahrer hielt an. Unterdessen kam ein Schneesturm auf, der immer heftiger wurde und je mehr sich ELLESAB anstrengte, von der Unglücksstelle wegzukommen, umso heftiger wurde der Sturm. Jener fegte ELLESAB wieder um Meter zurück. ELLESAB gab jedoch nicht auf und stapfte sich jetzt durch die mittlerweile Meter hohen Schneeberge.

Zug 96

Ich war heute dabei ein Bild zu malen, während ELLESAB durch eine Gegend ging, in der er noch nicht war. Es befanden sich in jener Gegend eigenartige Farb- und Formgebilde. Es gab hier aber auch einige weiße Flächen und ELLESAB überlegte, ob jemand wohl vergessen habe, diese Flächen auszumalen. Er ging jetzt weiter und sah plötzlich am HIMMEL T'AMI. Dieser schaute mit einem Fernglas auf ELLESAB hinab. ELLESAB wunderte sich.

„Was macht denn T'AMI dort oben im HIMMEL?" überlegte ELLESAB und sah jetzt mich durch das gekrümmte, gespiegelte Glas des Fernglases. Ich war dabei ein Bild zu malen.

ELLESAB freute sich, denn jetzt füllten sich auch die weißen Flächen neben ihm mit Farbe. Dann stellte er sich hoch philosophische Fragen.

„Wer bin ich? Wo komm ich her?"

T'AMI hingegen setzte sich jetzt an seinen Computer und schrieb eine Arbeit über die Selbstreflexion. In jener brachte er die Selbstreflexion mit der Bild in Bild-Funktion in Einklang.

Zug 97

ELLESAB fuhr mit ROTATIONSKURVE und GLOXES im Wagen die Autobahn entlang. Er merkte, wie ihm plötzlich sein Glückskranich aus dem Rucksack purzelte und durch die Wagenmaterie auf die Straße fiel. In der Nähe der Autobahn war der Hauptbahnhof zu erkennen.

Zug 98

ELLESAB befand sich bei WACHTEL, die ihn zu einem Puzzlespiel einlud. Sie hatte ein gläsernes, sternförmiges Gebilde, in das man nacheinander jene Puzzlesteine hineinwerfen konnte. Auf einem der Puzzlestücke sah ELLESAB einen Parkplatz. Hier war eine Menschenmenge versammelt, die auf die spektakuläre Übergabe des Hauses wartete. ELLESAB wunderte sich, da auf einmal Garten und Haus voneinander getrennt waren. Der Garten, der sonst direkt am Haus lag, befand sich jetzt ca. 500 Meter weiter vom Haus entfernt. Ein Bauzaun markierte den Weg dorthin. ELLESAB ging also am Zaun entlang und sagte sich, dass sie ja wenigstens den Garten hätten behalten sollen.

Zug 99

Ein Sprung brachte ELLESAB jetzt auf ein Fest. ELLESAB sah hier ROTATIONSKURVE mit den ANDEREN SCHWULEN ZWILLINGEN. Er wusste gar nicht, dass ROTATIONSKURVE inzwischen lesbisch geworden war, aber es störte ihn nicht besonders. ELLESAB rannte an einen Stand, an dem sich KRäUTERHEXE befand. ELLESAB hatte einen Plan. Er wollte eine Begegnung arrangieren, dessen Zweck er selbst noch nicht kannte. Mit einem Ablenkungsmanöver verwickelte ELLESAB die KRäUTERHEXE in ein Gespräch und ging mit ihr langsam in die Richtung, aus der er herkam. Später würde einer der ANDEREN SCHWULEN ZWILLINGE davon berichten, dass er beide in das Kellergeschoss hineingehen sah und dass der TRUPP NEUER NACHBARN unterhalb des Kellergeschosses noch weitere Kellergeschosse ausbauen ließ, die über einen Geheimgang erreichbar waren. Ein weiterer der ANDEREN SCHWULEN ZWILLINGE würde später einem Polizisten, den er auch privat kannte, weil beide einen gemeinsamen Fetisch hatten, berichten, dass KRäUTERHEXE zu ELLESAB noch irgendetwas über den Mord an einer älteren Dame in den 60er Jahren erzählt hat.

Zug 100

In seinem Zimmer recherchierte ELLESAB im Punkte seiner Geburt. Im Internet suchte er nach einem Krankenhaus in einem anderen Bundesland. Danach telefonierte er mit einem Ehepaar, das auch in den Sechziger Jahren etwas mit der Geschichte zu tun hatte. Es erzählte ELLESAB von einem Mord, der passiert ist und davon, dass sie früher häufig Anrufe von einer Frau bekommen haben, die sich als die Mutter von ROTATIONSKURVE ausgegeben hat.

ELLESAB stieg nach dem Telefonat in einen Fahrstuhl und er dachte daran, wie verrückt, die ganze Geschichte doch sei und dass er unbedingt T'AMI davon erzählen müsse. Dann überlegte er, wer denn die Frau sein könnte, die sich als die Mutter von ROTATIONSKURVE ausgegeben hat. Er erinnerte sich, dass die Mutter von ROTATIONSKURVE OMA WEISHEIT ist. Da diese ihre Tochter immer bei ihrem richtigen Vornamen genannt hatte, überlegte ELLESAB jetzt, warum sie jene in den 60er Jahren ROTATIONSKURVE genannt haben sollte? ELLESAB überlegte, ob seine Großmutter eine Mörderin gewesen sein könnte.

In einem Wohnzimmer traf sich ELLESAB mit KRäUTERHEXE. Auf dem Wohnzimmertisch standen etliche Tabletts mit Zitronencremekuchen. ELLESAB wollte sich auch ein Stück nehmen, aber er wusste nicht, welches, da manche Stücke schon eine bläuliche Farbe angenommen hatten. ELLESAB überlegte, ob die Verfärbung Schimmel sein könnte, also nahm er sich doch keins. Außerdem erinnerte er sich an die BESSERE HÄLFTE und er hatte jetzt die Befürchtung, dass man durch das Essen der Stücke stirbt.

KRäUTERHEXE kletterte jetzt mit einem Bein auf den Rand der Couchgarnitur und ELLESAB sah, dass sie High Heels anhatte. Er sagte zu ihr, dass sie besser nur mit einem Bein hinaufklettern sollte. Wenn sie mit beiden Beinen hinaufklettere, würde sie hinunterfallen. KRäUTERHEXE verstand ELLESAB nicht und kletterte stattdessen mit beiden Beinen auf die Couchgarnitur, hielt ihr Gleichgewicht und freute sich darüber.

Auf dem Sofabezug entdeckte ELLESAB jetzt eine kleine Spielzeugfigur. Sie hatte die Gesichtszüge seiner Großmutter OMA WEISHEIT und in den Händen diverse Waffen und Messer.

„Na toll," dachte ELLESAB sich. *„Jetzt vermarkten sie schon deine Großmutter à la Jack the Ripper."*

ELLESAB ärgerte sich über PEDRO, der die Figur liegengelassen hatte. ELLESAB hätte jedem aus seiner Familie einen Mord zugetraut, aber OMA WEISHEIT war die einzige, von der er das nicht erwartet hätte. Er schaute sich jetzt das Gesicht der Figur noch einmal genauer an und er erkannte, dass man in ihm auch das Gesicht der RAPPENDEN ERDKUNDELEHRERIN erkennen könnte.

Zug 101

Es war Mittwoch, der 1. Mai 2002. T'AMI begutachtete heute seinen Schlüssel, den er 1994 von MON AMI geschenkt bekommen hat. Mit jenem Schlüssel lässt sich jeder Code knacken, jedes Rätsel lösen und mit jenem Schlüssel findet man die richtige

Antwort auf jede Frage. T'AMI überlegte heute, ob er den Menschen das Geheimnis des Schlüssels anvertrauen sollte. Er beschloss, es über ein skurriles Comicbuch zu tun. Da ihn jedoch eine Weisheit aus der ägyptischen Mythologie daran hinderte, es direkt zu offenbaren, beschloss T'AMI das Geheimnis des Schlüssels selbst in einem Rätsel zu verschlüsseln. In dem Buch ‚Ellesab' versteckte er es also in einer sehr

einfachen Frage, die gleich kommt. Es gibt einen Schlüssel mit dem sich jedes Geheimnis der Menschheitsgeschichte entschlüsseln lässt.

<u>Wo würde Gott jenen Schlüssel verstecken?</u>

T'AMI stellte sich jetzt vor, wie sich einige Menschen mit dieser Frage beschäftigten und er überlegte Antworten, die sie geben könnten.

„Einige Menschen antworten sicherlich, dass der Ort die Bibel ist, andere antworten, dass der Ort in einem selbst zu finden ist." T'AMI stellte fest, dass beide Orte auch viele

Fragen beantworten können, aber nicht alle. T'AMI betonte also in der Formulierung innerhalb des Comicbuches, dass er mit seinem Schlüssel auch in jeder Quizsendung Geld verdienen könnte, er sich mit seinem Schlüssel einige Nobelpreise einheimsen könnte, er mit jenem Schlüssel Raum- und Zeit durchbrechen könnte.

„Wo also würde Gott diesen Schlüssel verstecken?" schrieb er in das Buch und verriet seinen Lesern, dass jeder, der diese Frage beantworten kann, auch imstande ist, alle anderen Fragen zu beantworten.

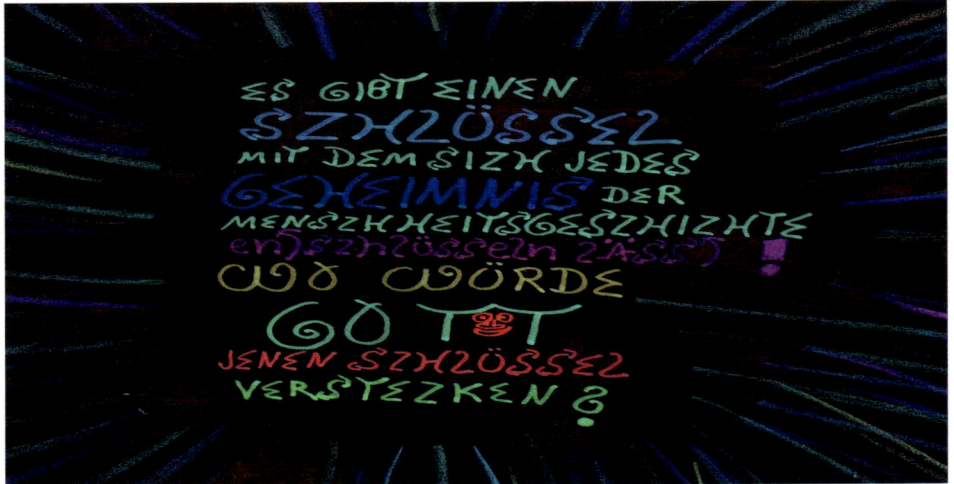

-FORTSETZUNG   FOLGT—

Herstellung und Verlag:
Books on Demand GmbH, Norderstedt
ISBN 978-3-8423-6391-5